Peter Langsdorff

Ein

verhängnisvolles

Geschenk

Polizei-Roman

Für Maja

Impressum

1. Auflage

© 2021 Peter Langsdorff, Osterholz-Scharmbeck
Layout und Titelbild: Maja und Peter Langsdorff
Lektorat: Maja Langsdorff, Journalistin

Bibliografische Information der Deutschen Nationalbibliothek: Die Deutsche Nationalbibliothek verzeichnet diese Publikation in der Deutschen Nationalbibliografie; detaillierte bibliografische Daten sind über http://dnb.dnb.de abrufbar.

Herstellung und Verlag: Books on Demand, Norderstedt
Printed in Germany

ISBN: 9783753464756

„Es ist nichts so fein gesponnen,
  ´s kommt doch alles an die Sonnen"

Theodor Fontane, 1819-1898

Cold Cases - die kalten Kriminalfälle

In Deutschland werden jedes Jahr rund dreihundert Morde begangen. Die Aufklärungsquote liegt im Schnitt bei etwa 95 Prozent. Jährlich bleiben etwa zehn bis zwanzig Morde unaufgeklärt und werden zu Cold Cases erklärt — den kalten Fällen in der Kriminalstatistik.

Von einem dieser Fälle handelt diese Geschichte. Sie ist vom Autor in ihren Einzelheiten frei erfunden. Ähnlichkeiten mit lebenden oder bereits verstorbenen Personen oder den genannten Orten der Handlung wären daher rein zufällig und nicht beabsichtigt.

Prolog

Mittwoch, 7. November 1985 gegen 23 Uhr

„Bitte lassen Sie mich gehen! Bitte!"

Was hatte er zuvor alles über sich erzählt? Was wusste sie nun über ihn? Was er ihr in der vergangenen Stunde angetan hatte, reichte aus, um ihn für viele Jahre hinter Gitter zu bringen. Würde sie ihr Versprechen wirklich einhalten und niemandem von dem berichten, was er ihr an Schmerzen und Leid zugefügt hatte?

Von dem Augenblick an, als sie zu ihm ins Auto stieg, lief alles automatisch wie in einem Film ab. Dieses freundliche „Hallo, wo möchten Sie denn hin? Kein Problem, da fahre ich sowieso lang, ist ja nicht weit von hier", hatte augenblicklich eine Vertrauensbasis und eine Atmosphäre geschaffen, die suggerierte, dass sie sich schon länger kannten. Für ihn stieg sie in sein Auto, als würde er seine Freundin oder Ehefrau zu einem verabredeten Zeitpunkt abholen. Aber so war es nicht.

Die 17-jährige Anna-Lena Bauer hatte sich zuvor mit ihrem Freund heftig gestritten. Sie hatten sich einfach nicht darauf einigen können, ob sie in der kommenden Woche ein Open-Air-Konzert besuchen oder den runden Geburtstag ihrer Mutter gemeinsam mit ihrer Familie und Bekannten feiern sollten.

Überhaupt hatte Anna-Lena das Gefühl gehabt, dass sie in letzter Zeit viel zu oft mit ihrem Freund aneinandergeraten war. Und so verließ sie völlig aufgelöst und verärgert seine Wohnung, nachdem er sie mehrmals zurechtgewiesen hatte. In der Hoffnung, bei diesem typischen nasskalten Novemberwetter die drei Kilometer Heimweg zu ihrer elterlichen Wohnung nicht zu Fuß zurücklegen zu müssen, entschloss sie sich, ihren Wohnort per Anhalter zu erreichen.

Es vergingen keine fünf Minuten, bis neben ihr ein Auto anhielt, dessen Fahrer zuvor mit der Lichthupe auf sich aufmerksam machte, um ihr zu signalisieren, dass er sie mitnehmen würde. Und nun saß sie in der Falle. Wie oft hatte sie die Sätze schon gehört: „Steige nie zu einem Fremden ins Auto!" oder „Als Anhalterin bist Du ausgeliefert! Nimm notfalls ein Taxi!"

Statt Anna-Lena in den nächsten Ort zu fahren und sie an der Wohnung ihrer Eltern abzusetzen, fuhr Alex S. wenige hundert Meter nach dem Ortsausgang auf einen Wirtschaftsweg, der am Rande eines Wäldchens endete.

Als sie die Hauptstraße verließen, bat Anna-Lena ihn inständig, sofort anzuhalten und sie aussteigen zu lassen. Sie versuchte dann die Tür zu öffnen, stieß mit aller Kraft, die sie aufbringen konnte, immer wieder gegen die Türverkleidung; jedoch vergebens.

Sie hatte es nicht wahrgenommen, dass Alex S. die Zentralverriegelung der Tür betätigt hatte, nachdem sie zu ihm eingestiegen war. Diese Neuerung in der Fahrzeugtechnik wurde Anna-Lena nun zum Verhängnis. Sie verschloss ihr den einzigen Fluchtweg und somit die Möglichkeit, sich ihrem Peiniger zu entziehen. Von Minute zu Minute wurde ihr bewusster, wie aussichtslos ihre Lage war, nicht nur weil Alex S. ihr körperlich überlegen war. Die einzige Chance, sich und ihr Leben zu retten, sah Anna-Lena Bauer nur noch darin, ihren Peiniger in ein Gespräch zu verwickeln und ihm ausdrücklich zuzusichern, dass sie niemandem von ihrer Begegnung erzählen und ihn schon gar nicht bei der Polizei anzeigen würde.

Aber Alex S. hörte ihr nicht mehr zu. Sein Gehirn schien innerhalb kürzester Zeit Hunderte von Gedanken verarbeiten zu müssen. Und immer wieder verlangten neue Fragen nach einer Antwort. Er hatte sich in eine Zwangslage hineinmanövriert.

Dabei hatte nichts darauf hingedeutet, dass es in dieser Novembernacht zu solch einer katastrophalen Situation kommen würde.

Seit einer Woche besuchte der junge Finanzexperte eine Fortbildung mit dem anspruchsvollen Arbeitstitel „Finanzströme im Zuge der künftigen Globalisierung". Sein Arbeitgeber, ein aufstrebendes mittleres Unternehmen in der Bankenmetropole Frankfurt am Main, hatte schnell erkannt, dass in Alex ein Finanzgenie steckte.

Ein wahrer Künstler der Zahlen und ein skrupelloser Stratege obendrein, wenn es darum ging, enorme Gewinne durch Versicherungsverträge mit ahnungslosen Kleinstanlegern zu erzielen. Da lief Alex S. zu Höchstform auf; da war er ganz in seinem Element. Und das mit noch nicht einmal 25 Jahren. Die fixe Idee einer „Bilderbuchkarriere" hatte sich in seinem Kopf regelrecht festgesetzt.

Sollte er diese erfolgversprechende berufliche Zukunft allein dadurch aufs Spiel setzen, weil er für kurze

Zeit die Kontrolle über sich verloren und einer jungen Frau so Entsetzliches angetan hatte?

„Bitte lassen Sie mich gehen! Ich verspreche Ihnen, niemandem etwas zu erzählen! Bitte!"

Anna-Lena flehte jämmerlich um ihr Leben. Es war ein Leben, das für sie eigentlich noch gar nicht richtig begonnen hatte.

Bereits während eines Praktikums hatte sie festgestellt, dass sie später einmal in einem großen Hotel als Chef-Concierge arbeiten wollte. Es war fortan ihr Traum und zugleich auch ihr großes Lebensziel, nach der Ausbildung in ein renommiertes Hotel zu wechseln; sie war inzwischen Auszubildende im zweiten Lehrjahr.

Die persönlichen Voraussetzungen für ihr Berufsziel brachte Anna-Lena zweifellos mit. Sie war klug, stets wachsam, hatte großes Einfühlungsvermögen, ein ausgeprägtes Organisationstalent und verfügte über ausgezeichnete Umgangsformen; zudem war ihr Erscheinungsbild gepflegt.

Nach dem Einstellungsgespräch hatte ihr der Ausbildungsleiter ein besonders feines Gespür für Situationen und Menschen attestiert.

Die vielen Qualifikationen schienen ihr in der augenblicklichen Situation jedoch nicht weiterzuhelfen. Anna-Lena Bauer befand sich in einer Notlage. Sie sah sich in höchster Lebensgefahr.

„Bitte tun Sie mir nicht mehr weh! Bitte!"

Sie zitterte am ganzen Körper. Ihre Tränen hatten das Make-up aufgelöst und zeichneten sich als konturlose dunkle Linien auf ihren Wangen ab. Sie verliehen ihr ein maskenhaftes Aussehen. Ihr zierlicher Körper wehrte sich mittlerweile gegen alles, was Alex S. ihr schon angetan hatte; er rebellierte bei jeder weiteren Annäherung durch ihn.

Schließlich hielt ihr Peiniger es nicht mehr länger aus, dass Anna-Lena minutenlang schrie, ihn kratzte, wild um sich schlug und ihn mehrmals biss. Alex S. hatte mit einer derartigen heftigen Reaktion nicht gerechnet – er hatte überhaupt nicht damit gerechnet, jemals in eine solche Situation hineinzugeraten.

Er verlor zunehmend die Kontrolle über alles, und letzlich auch über sich selbst. Er wollte nur noch, dass ihre Schreie verstummten.

„Sei endlich ruhig! Verdammt noch mal, sei endlich ruhig!" forderte er sie fast unhörbar auf.

Nach nicht mehr als drei Minuten war es dann plötzlich still geworden. Anna-Lenas Kopf neigte sich wie in Zeitlupe zur Seite und lehnte sich schließlich an die Beifahrertür. Es machte den Eindruck, als würde sie sich, nach all der Gegenwehr, ausruhen und vor Erschöpfung friedlich schlafen.

Alex S. löste seine Hände ganz vorsichtig aus der Umklammerung, als könne er selbst nicht begreifen, was er ihr angetan hatte. Seine Daumen schmerzten und hinterließen deutlich sichtbar rot-violette Druckstellen an ihrem Kehlkopf, knapp oberhalb ihrer Halskette, an der ihr Sternzeichen hing.

Anna-Lena Bauer hatte den Kampf verloren – es war ein aussichtsloser und ungleicher Kampf gewesen, denn sie hatte einfach keine Chance gehabt.

Der Tag danach

Am darauffolgenden Morgen gegen 9.30 Uhr rief der Freund von Anna-Lena bei ihren Eltern an. Er wollte sich für sein Verhalten am Vorabend entschuldigen. Es ließ ihm einfach keine Ruhe, dass Anna-Lena nach dem Streit so plötzlich seine Wohnung verlassen hatte. Es tat ihm im Nachhinein unendlich leid. So hatte er sich den gemeinsamen Abend mit seiner Freundin nicht vorgestellt. Ganz bestimmt nicht. Und er hatte sich vorgenommen, in Zukunft nicht bei jeder Kleinigkeit so unangemessen zu reagieren und stattdessen mehr auf Anna-Lenas Wünsche und Bedürfnisse einzugehen.

Als ihr Vater ihm jedoch mitteilte, dass Anna-Lena die vergangene Nacht gar nicht zuhause verbracht hatte, stieg in ihm die Befürchtung auf, ihr könnte etwas zugestoßen sein.

Seit Anna-Lena am Vorabend gegen 22 Uhr die Wohnung ihres Freundes verlassen hatte, war sie von niemandem mehr gesehen worden. Die 17-Jährige schien wie vom Erdboden verschluckt.

Noch am selben Tage meldeten Anna-Lenas Eltern ihre Tochter bei der Polizei als vermisst. Bereits am frühen Nachmittag suchten Freunde und Bekannte in der näheren Umgebung nach ihr. An den Folgetagen wurde die Suche nochmals intensiviert.

Mehrere Hundertschaften der Bereitschaftspolizei, unterstützt von Suchhunden und einem Polizeihubschrauber, durchkämmten die Umgebung ihres Wohnortes. Über die Medien wurde die Bevölkerung schließlich mehrfach um Mithilfe gebeten und aufgefordert, sich umgehend bei der nächstgelegenen Polizeidienststelle zu melden, wenn sie irgendwelche Beobachtungen gemacht hatten oder Hinweise zum aktuellen Aufenthaltsort von Anna-Lena geben konnten.

Auch an den darauffolgenden Tagen fehlte von Anna-Lena jegliches Lebenszeichen. Sie blieb unauffindbar.

Nach 14 Tagen wurden die intensiven Suchmaßnahmen offiziell eingestellt und nur noch „im Rahmen der allgemeinen Streifentätigkeit fortgeführt", war in einer kurzen Pressemitteilung der Polizei zu lesen.

Aus Sicht der Kriminalpolizei galt Anna-Lena Bauer nun offiziell als vermisst. Ihr Aufenthaltsort wurde in der Ermittlungsakte der Kategorie „bis auf Weiteres unbekannt" zugeordnet.

Wo ist Anna-Lena?

Wenige Tage nach Verschwinden von Anna-Lena Bauer wurde bei der Kriminalpolizei Braunschweig die zehnköpfige SOKO Anna-Lena eingerichtet, die sich erneut eindringlich an die Öffentlichkeit wandte. Innerhalb kurzer Zeit gingen daraufhin mehr als 150 Hinweise aus der Bevölkerung ein. Die Anteilnahme und das Interesse an diesem Fall waren enorm hoch.

In den Regionalzeitungen wurde tagelang auf den Titelseiten ausführlich über das spurlose Verschwinden der jungen Frau berichtet. Und wie in derartigen Fällen gehörten Spekulationen und Mutmaßungen ebenfalls zur Berichterstattung.

Bei der Kriminalpolizei meldeten sich Auslandsurlauber, die Anna-Lena am Strand von Ibiza gesehen haben wollten. Andere vermeintliche Zeugen gaben fast zeitgleich an, die Vermisste in der Londoner Innenstadt in Begleitung von zwei Männern mittleren Alters beobachtet zu haben. Die Ermittler der SOKO Anna-Lena nahmen all diese Hinweise aus der Bevölkerung sehr ernst; sie überprüften sie auf ihren Wahrheitsgehalt, mussten sie aber ausnahmslos schnell relativieren.

Unter den anonymen Hinweisgebern waren typischerweise auch jene, die ihren Nachbarn oder Arbeitskollegen als mutmaßliche Entführer von Anna-Lena nannten, sogar mit vollständigen Namen und zugehöriger Adresse. Auch diesen Hinweisen gingen die Ermittler nach, jedoch ohne brauchbares Ergebnis.

Ein Anrufer schließlich behauptete, mit absoluter Sicherheit den momentanen Aufenthaltsort von Anna-

Lena angeben zu können und nannte eine konkrete Anschrift, zu der eigens das Spezialeinsatzkommando (SEK) aus Braunschweig anrückte.

Dem Anrufer zufolge sollte sich Anna-Lena in einem einschlägigen Etablissement im Rotlichtviertel der Braunschweiger Innenstadt aufhalten. Da nicht ganz ausgeschlossen werden konnte, dass die Ermittler im Bereich der Prostitution und des Menschenhandels eingreifen mussten, hatte die Leitung der SOKO auf Spezialkräfte zurückgegriffen.

„Unter keinen Umständen darf das Leben von Anna-Lena durch diesen Einsatz gefährdet werden", warnte der verantwortliche Einsatzleiter.

Was die Überprüfung dieses Hinweises letztlich zu Tage förderte, brachte die SOKO in keiner Weise voran.

Der personalintensive Einsatz endete schließlich mit zwei vorübergehenden Festnahmen von Personen aus dem Rotlichtmilieu. Sie waren seit längerer Zeit zur bundesweiten Fahndung ausgeschrieben gewesen. Darüber hinaus fertigten die Ermittler diverse Anzeigen wegen des Verstoßes gegen das Aufenthaltsrecht, der Förderung der Prostitution, des unerlaubten Waffenbesitzes und Beamtenbeleidigung.

Nicht anders verliefen die Befragungen von Zeugen und Personen, die Anna-Lena in irgendeiner Weise nahegestanden hatten und die deshalb zeitweise sogar als dringend tatverdächtig eingestuft wurden.

Im Ausbildungsbetrieb, in dem Anna-Lena 15 Monate zuvor ihre Ausbildung zur Hotelfachfrau aufgenommen hatte, stießen die Ermittler auf den Ausbildungspaten.

Zwei weibliche Auszubildende gaben an, er habe Anna-Lena wiederholt mit anzüglichen Bemerkungen und Annäherungsversuchen belästigt. Anna-Lena habe diese unerwünschten Avancen immer vehement abgewehrt. Ihre Kolleginnen konnten dennoch nicht ganz ausschließen, dass es zwischen ihr und dem Ausbildungspaten doch zu Annäherungen gekommen sein könnte.

Im weiteren Verlaufe der Befragungen stellte sich jedoch heraus, dass die Anschuldigungen und Unterstellungen unfundiert und von den beiden Auszubildenden frei erfunden waren. Sie hatten dem Mentor nur einen Denkzettel verpassen wollen, weil sie sich von ihm, Anna-Lena gegenüber, benachteiligt behandelt fühlten.

Die Ermittlungen im unmittelbaren Umfeld von Anna-Lena ergaben ebenfalls keinerlei verwertbare Hinweise.

So wurde ihr Freund mehrmals von der Kriminalpolizei vorgeladen. In stundenlangen Vernehmungen wurde er über seine Beziehung zu Anna-Lena befragt. Zeitweise hegten die Ermittler einen Anfangsverdacht gegen ihn, der sich im Nachhinein jedoch als unhaltbar erwies. Es fehlten einfach die entsprechenden Beweise; von einem handfesten Tat-Motiv ganz abgesehen.

Auch die Eltern von Anna-Lena wurden von den Ermittlern sehr ausgiebig zu ihrer Tochter befragt. Weder die Durchsuchung der Wohnung ihres Freundes noch des Zimmers von Anna-Lena im Hause ihrer Eltern erbrachten Hinweise zu ihrem Verschwinden. Es gab auch keinerlei Anhaltspunkte dafür, dass Anna-Lena das Elternhaus oder ihren Freund hatte verlassen wollen.

Somit wurde es mit jedem weiteren Tag, den Anna-Lena verschwunden blieb, immer wahrscheinlicher, dass sie einem Verbrechen zum Opfer gefallen war.

Diese Vermutung sollte noch einige Monate Bestand haben.

Die Ungewissheit hat ein Ende

Mehr als ein halbes Jahr nachdem Anna-Lena spurlos verschwunden war, wurde aus dieser Annahme traurige Gewissheit: Pilzsammler fanden in einem Waldstück die Leiche von Anna-Lena Bauer. Der Fundort war nur rund zwei Kilometer entfernt von ihrem Elternhaus.

Am späten Nachmittag des 12. Juli 1986 suchten zwei Kriminalbeamte die Eltern von Anna-Lena auf.

Diese hatten bis zur letzten Minute gehofft, man würde ihnen mitteilen, ihre Tochter sei noch am Leben. Aber spätestens, als der Kripobeamte den entscheidenden Satz mit den Worten begann: „Es tut uns leid, Ihnen mitteilen zu müssen ...", war die Hoffnung der Eltern, ihre Tochter jemals wieder in ihre Arme nehmen zu können, jäh zerbrochen.

Es folgten die üblichen Fragen und Reaktionen. Wer hat unserer Tochter das angetan? Warum? Sie hat doch niemandem etwas getan! Was hat man ihr angetan? Wo hat man sie denn gefunden? Sind Sie auch ganz sicher, dass es unsere Tochter Anna-Lena ist?

Einer der beiden Kripobeamten beantwortete die letzte Frage wortlos, indem er den Eltern das Portemonnaie von Anna-Lena aushändigte. Beamte der Spurensicherung hatten es in ihrer Jackentasche gefunden.

„Eine Verwechselung ist ausgeschlossen", fügte der andere Kripobeamte hinzu.

Es klang wie ein Urteil, das durch nichts auf der Welt mehr aufgehoben werden konnte. Und diese Tatsache traf Anna-Lenas Eltern bis ins Mark. Ihnen wurde schlagartig bewusst, ihre geliebte Tochter unwiderruflich verloren zu haben. Der letzte Funke Hoffnung, den sie noch hatten, war in diesem Moment erloschen.

Für Josephine und Erwin Bauer war es nur ein schwacher Trost, endlich damit beginnen zu können, um ihre geliebte Tochter zu trauern, und letztlich auch von ihr Abschied nehmen zu können.

Die quälende Ungewissheit über den Verbleib von Anna-Lena war der nüchternen Gewissheit gewichen, dass irgendjemand dieses junge Leben gewaltsam beendet hatte.

Die Mitarbeiter der Mordkommission erlangten trotz weiterer intensiver Ermittlungen keinerlei neue oder brauchbare Hinweise auf den oder die Täter. Selbst ein länderübergreifender Fahndungsaufruf in der Fernsehsendung „Aktenzeichen XY … ungelöst" führte nicht zum erhofften Durchbruch. Deshalb wurden die Ermittlungen zum Mord an Anna-Lena Bauer nach zwei Jahren zunächst ergebnislos eingestellt.

Die Ermittlungsakten wurden bis auf Weiteres im Archiv des niedersächsischen Landeskriminalamtes in Hannover abgelegt. Vom 1. November 1987 an zählte der Mordfall unter dem Aktenzeichen 85116805 JS zu den Cold Cases, den kalten Kriminalfällen.

Es sollten mehr als zwei Jahrzehnte vergehen, ehe die Ermittlungsakte erneut auf dem Schreibtisch der Ermittler landete.

25 Jahre später

Hannover-Kleefeld, Akazienweg 12

„Alex, ich bin glücklich mit Dir!"

Katharina blickte den Mann an ihrer Seite an und flüsterte ihm wiederholt zu:

„Ich bin so unendlich glücklich mit Dir!"

Sekundenlang herrschte Stille. Alex reagierte einfach nicht auf die Liebeserklärung seiner Ehefrau. Er schien mit den Gedanken weit weg zu sein. Katharinas Mann war offenkundig emotional unerreichbar für sie, in einer anderen Welt, die ihn völlig zu absorbieren schien, obwohl sie doch so dicht beieinander lagen.

„An was denkst Du gerade, Liebling?" Ohne zu antworten nahm er sie zärtlich in den Arm und küsste sie auf die Wange. Wenige Augenblicke später öffneten die Zwillingsschwestern Beatrice und Lea ganz vorsichtig die Schlafzimmertür.

„Mami, dürfen wir zu Euch ins Bett kommen?"

Das Drängen ihrer Töchter kam Alex ganz gelegen. Die beiden kleinen Wirbelwinde unterbrachen seine Gedanken und ersparten ihm schließlich, Antworten geben zu müssen.

„Soll ich Euch etwas vorlesen?"

„Oh ja, Papa, das ist schön", entgegneten sie freudestrahlend, schlüpften unter die Bettdecke ihrer Mutter und kuschelten sich an sie.

Es war schon zu einem Ritual geworden, dass sich ihre sechsjährigen Töchter an den Wochenenden morgens zu ihren Eltern ins Schlafzimmer schlichen, um ganz nah bei ihnen zu sein. Beatrice und Lea hörten gespannt zu und sahen ihren Vater mit großen, wachen Augen an. Und als die Geschichte gruselig wurde, verkrochen sie sich noch mehr unter die warme Bettdecke. Seine Frau beobachtete ihn sehr genau und schaute ihn die ganze Zeit an, ohne überhaupt etwas von der Kindergeschichte mitzubekommen.

Sie war ihm so nah, und wusste, dass Alex es besonders mochte, wenn sie ihn dafür bewunderte, wie liebevoll und fürsorglich er mit ihren Töchtern umging. Katharina genoss jede freie Minute mit ihrem Ehemann und den beiden Mädels.

Sie hatte Alex während der Feierlichkeit zu einem Firmenjubiläum kennengelernt. Es hatte bei beiden wie ein Blitz eingeschlagen; es war mehr als Liebe auf den ersten Blick gewesen: Vom ersten Moment an hatten sie sich innig vertraut gefühlt. Alex hatte ihre zurückhaltende etwas schüchterne Art sofort gemocht. Es war eine Mischung aus Unsicherheit, Verlegenheit, Respekt und Aufschauen zu ihm, was Katharina ausstrahlte. Und Alex bildete sich ein, sie legte es auch darauf an, von ihm erobert zu werden; er selbst verspürte den Wunsch, sie unbedingt für sich zu gewinnen.

Katharina war von Anfang an fasziniert gewesen von seiner hingebungsvollen, zärtlichen Art. Allein wie er sie anschaute und ständig Komplimente machte, für ihr Aussehen, ihre Art, sich zu kleiden, zu bewegen und sich zu geben. Sie waren sich unausgesprochen darüber einig, dass sie zusammengehörten und es auch für immer bleiben wollten. Ohne Wenn und Aber. Sie fühlten sich wie füreinander bestimmt.

Zwei Jahre nach ihrem Kennenlernen heirateten sie. Aber nicht etwa, weil Katharina im siebenten Monat schwanger war. Sie erinnerte sich noch sehr genau daran, wie ihre Freundin Isabell am Hochzeitstag zu ihr sagte:

„Da ist Dir aber eine richtig gute Partie gelungen. Das ist wie ein Sechser im Lotto! Ich gratuliere Dir und Deinem Alex von ganzem Herzen. Alles Liebe für Euch beide, für Euch Vier", korrigierte sie sich schnell und schaute dabei auf das Bäuchlein, das sich unter dem Brautkleid schon deutlich rundete.

In Isabell hatte Katharina eine Freundin zur Seite, wie sie sich keine bessere vorstellen konnte. Eine richtig gute Freundin, mit der sie über alles sprechen konnte und die immer für sie da war. Sie kam ihr manchmal vor wie ihre große Schwester.

Vom Äußeren her waren sie sehr unterschiedlich. Katharina, die zierliche, etwas zerbrechlich Wirkende, manchmal auch verträumte, naive und im doppelten Sinne Blauäugige. Und im Gegensatz dazu, ihre Freundin Isabell, die burschikose, spontane und lebenserfahrene Mittdreißigerin, die schon mal gerade heraus etwas mitzuteilen hatte, was ihr Gegenüber nicht immer mit Wohlwollen zur Kenntnis nahm.

Katharina hatte Alex aus Liebe geheiratet, „… und nicht auch ein bisschen seines Geldes wegen? Gibs ruhig zu!", provozierte Isabell ihre beste Freundin, als sie sich einmal über das Thema Geld und Liebe austauschten.

Katharina widersprach ihr in diesem Punkt zwar vehement, konnte aber nicht leugnen, dass ihr die finanzielle und auch materielle Sicherheit, die ihr Alex bot, einiges bedeutete. Es gab ihr ein gutes Lebensgefühl, auf das sie nicht mehr verzichten wollte. Und Katharina war durchaus bewusst, was es hieß, einen beruflich so erfolgreichen und angesehenen Partner und Ehemann an ihrer Seite zu wissen.

Zwar trennten sie Beruf und Privatleben strikt, aber wenn Katharina ihn danach fragte, wie es im Job denn so laufe, berichtete Alex gern schon mal ausführlicher. Stolz klärte er sie dann darüber auf, mit welchen Geldbeträgen – er nannte es stets „Transaktionen" – er tagtäglich zu tun hatte und welch hohe Verantwortung das bedeutete. Es waren nicht selten dreistellige Millionenbeträge, mit denen er hantierte. Katharina war tief beeindruckt davon, und Alex mochte es, wenn sie ihn dafür bewunderte.

Gelegentlich kam Alex darauf zu sprechen, wie leicht es sei, manche Kleinanleger um den Finger zu wickeln und sie innerhalb von Minuten um beträchtliche Geldbeträge zu bringen. Dann fragte sich Katharina schon mal, ob auch wirklich alles mit rechten Dingen zuging. Als gehobene Personalsachbearbeiterin war Katharina in einem ganz anderen Bereich tätig. Sie vertraute Alex und hinterfragte lieber gar nicht erst etwas, von dem sie ohnehin zu wenig verstand.

Dass ihr Ehemann mit Geld, mit sehr viel Geld, umgehen konnte, erlebte Katharina hautnah, als er sie damit überraschte, dass sie in Kürze ein neues Zuhause beziehen würden.

„Ein standesgemäßes Nest für meine kleine Familie", wie er es nannte. Das freistehende Haus von mittlerer Größe, das sie bis dato bewohnt hatten, schien Alex nicht mehr angemessen zu sein. Er wollte Katharina überzeugen: „Da muss etwas Richtiges her", und malte ihr seine Ideen in strahlenden Farben aus.

Wenige Wochen später zogen sie in eine kleine Villa in Hannovers Nobelstadtteil Kleefeld. Hier waren Ärzte, Wissenschaftler, Politiker und Neureiche zuhause.

Katharina fühlte sich vom Luxus dieses kleinen Anwesens geradezu erschlagen. Und als sie im Eingangsbereich ihrer Villa standen, platzte es schließlich aus ihr heraus.

„Ja sag mal Alex, können wir uns das alles überhaupt leisten? Das kostet doch ein Vermögen!" Alex weidete sich am Anblick seiner Frau, so verunsichert und überwältigt, wie sie war.

„Mein Liebes, es ist alles bis ins Detail durchkalkuliert. Also, mach Dir bitte keine Sorgen, okay?", versuchte er Katharina zu beruhigen.

Am Abend rückte Alex noch mit weiteren Einzelheiten heraus zum Haus selbst und dem dazugehörigen Grundstück von immerhin gut dreitausend Quadratmetern. Fast beiläufig erwähnte er die Kosten und sprach von einem „absoluten Schnäppchenpreis". Der Kaufpreis für ihr neues Zuhause betrug sage und schreibe knapp 1,2 Millionen Euro.

Zum ersten Mal, seit sie Alex kannte, stellte Katharina sich ernsthaft die Frage, ob sie all diesen Luxus überhaupt brauchte, um mit ihm glücklich zu sein.

Landeskriminalamt (LKA) Niedersachsen

Es war ein erfreulicher Tag für die Beschäftigten des Landeskriminalamtes in Hannover. Der Präsident der obersten Ermittlungsbehörde, Dr. Rudolf Häusler, hatte gute Nachrichten für seine mehr als 1000 Mitarbeiter zu verkünden.

„Meine sehr geehrten Kolleginnen und Kollegen!

Wie Sie sicherlich aus der Tagespresse erfahren haben, hat die niedersächsische Landesregierung am gestrigen Abend in ihrer Haushaltssitzung wichtige Entscheidungen getroffen, die unsere Behörde unmittelbar betreffen.

Der Haushaltsausschuss hat im Ressort Innere Sicherheit für das kommende Jahr und für weitere drei Jahre einen Betrag von acht Millionen Euro freigegeben.

Damit sind wir endlich in der Lage, unsere Umstrukturierungen im LKA zu realisieren. Es bedeutet konkret im Personalsektor, dass kurzfristig weitere 30 Neueinstellungen in Vollzeitbeschäftigung erfolgen können. Davon profitieren insbesondere die Abteilungen Kriminaltechnik und Forensik.

Ich habe mit den verantwortlichen Abteilungsleitern bereits Kontakt aufgenommen. Mit der Freigabe der Haushaltsmittel ist auch die dringend erforderliche Beschaffung neuer Technik möglich. Ich denke da insbesondere an die Ausstattung der Kriminaltechnischen Untersuchungsstelle (KTU) mit modernster DNA-Analyseverfahren.

Des Weiteren geht mit der Freigabe der Haushaltsmittel unmittelbar einher, dass die Bildung einer Cold Case Unit (CCU) endlich erfolgen kann. Dies haben wir ja aufgrund der fehlenden Finanzen schon längere Zeit vor uns hergeschoben. Dieser unhaltbare Zustand hat nun ein Ende. Wir hoffen damit auf einen deutlichen Anstieg der Aufklärungsquote bei den sogenannten Altfällen.

Allein im Bereich der Kapitalverbrechen haben wir in Niedersachsen fast einhundert ungeklärte Tötungsdelikte oder Vermisstenfälle. Sie konnten auch aufgrund fehlender Logistik in unserem Hause bei weitem nicht so bearbeitet werden, wie wir es gemäß unserem gesetzlichen Auftrag hätten tun müssen.

Alles in allem stehen wir nun in der konkreten Umsetzungsphase, was die Umstrukturierung unserer Behörde angeht. Über weitere Veränderungen werden Sie zeitnah durch Ihre Abteilungsleiter informiert. Ich wünsche Ihnen weiterhin viel Erfolg!"

Dr. Rudolf Häusler konnte seine Begeisterung über die kommenden Veränderungen in seinem Hause nicht verbergen. Er strahlte vor Freude.

Viel zu oft hatte er sich in den vergangenen Jahren von der Politik vertrösten lassen müssen. Die ständigen Sparrunden und Etatkürzungen hatten ihn zeitweise an den Rand der Verzweiflung gebracht.

Der Präsident des LKA Niedersachsen hatte viel zu lang darauf warten müssen, bis seine Mitarbeiterinnen und Mitarbeiter in die Lage versetzt werden konnten, unter nahezu optimalen Arbeitsbedingungen ihrem originären Auftrag nachzukommen. Und dazu gehörte auch die teils aufwändige und personalintensive Bearbeitung der Cold Cases, die Aufklärung lang zurückliegender ungelöster Mordfälle in seinem Bundesland.

Getrübtes Shoppingvergnügen

„Katharina, das hellblaue Kleid steht Dir am besten, ja, ich würde diesen Farbton wählen, weil Du dazu auch andere Farben kombinieren kannst", stellte Isabell mit einem prüfenden Blick fest.

Isabell beriet Katharina gern bei ihrer Kleiderwahl. Ihre Freundin war dann wieder einmal ganz in ihrem Element. Wenn sie sich in der Stadt verabredeten, um ausgiebig zu shoppen, tauchte Katharina in eine andere Welt ein. Da konnte sie sich auch schon mal für gewagte Modelle entscheiden. Isabell bestärkte sie nicht selten in einer Kaufentscheidung, die sie selbst so nicht getroffen hätte. Denn das sorgte hin und wieder für Diskussionen mit Alex, der letztlich mehr oder weniger damit einverstanden war, dass Katharina zu bestimmten Anlässen kürzere Röcke oder Kleider mit aufreizendem Ausschnitt tragen wollte.

„Da bin ich aber mal gespannt, was Deinem Alex dazu einfällt, wenn er Dich in diesem Teil sieht. Ist ja schon etwas gewagt, dieser tiefe Ausschnitt. Aber da passt eine schlichte Kette gut dazu." Isabell legte ihrer Freundin eine dezent wirkende Goldkette mit Anhänger um.

„Perfekt, einfach super, wie das zum Kleid passt", befand sie und lächelte dabei schelmisch.

„Ich werde Dir berichten, ob Alex wieder Diskussionsbedarf anmeldet, wenn ich mit diesem Outfit zum nächsten Familienbegängnis gehen will", entgegnete Katharina.

Beide schauten einen Augenblick auf die Ausbeute der vergangenen dreieinhalb Stunden Shoppingtour.

Sie hatten diesmal wieder einige namhafte Boutiquen in der Innenstadt von Hannover unsicher gemacht.

„Da hast Du aber richtig zugeschlagen", konstatierte Isabell. Schließlich befand sich in ihren Einkaufstüten exklusiver Modefirmen Kleidung und Schmuck im Wert von fast fünftausend Euro. Den genauen Betrag würde Katharina erst in der Monatsabrechnung ihrer Kreditkarte sehen, die Alex ihr als „kleines Geschenk" überlassen hatte. Er nannte es einen wortwörtlich zu nehmenden „Glücksbringer", den sie von nun an als ständigen Begleiter bei sich tragen sollte. So war ihr Alex halt: spendabel und großzügig, wenn es darum ging, seine große Liebe Katharina zu verwöhnen.

„So sieht also ein Shopping-Date mit meiner lieben Freundin Katharina aus, nachdem sie die Boutiquen dieser Stadt geplündert hat", stellte Isabell etwas erschöpft und mit einem leicht ironischen Unterton fest.

„Neidisch?", erwiderte Katharina, als sie sich an einen kleinen Tisch im Café gesetzt hatten. Der Platz bot ihnen einen faszinierenden Ausblick auf das Treiben in der belebten Einkaufsmeile.

Katharina verstand schon, wie ihre Freundin es meinte. Und neidisch war Isabell ganz gewiss nicht.

„Leben und leben lassen", das war ihr Motto, jeder halt so, wie er oder sie es mochte.

Es gehörte einfach dazu, dass Katharina sie zu Kaffee und Torte einlud nach all den Strapazen, die solch ein Shopping-Event mit sich brachte: der entspannende Ausgleich und die Zeit zum Quatschen und Tratschen, so, wie sie es am liebsten mochten.

Katharina hatte schon zu Beginn ihrer Einkaufstour gemerkt, dass Isabell ihr irgendetwas mitzuteilen hatte, etwas, das sie wohl schon die ganze Zeit über beschäftigt hatte. Sie lag mit dieser Vermutung dann auch ganz richtig; schließlich kannte sie ihre Isabell seit einigen Jahren.

„Sag mal, kommt es mir nur so vor, oder hat Dein Alex tatsächlich etwas gegen mich?", fragte Isabell ganz direkt und blickte sie dabei an. Katharina erwiderte den Blick ihrer Freundin nicht, weil sie in ihrer Handtasche nach etwas suchte.

„Wie kommst Du denn darauf? Hast Du einen bestimmten Grund, das zu vermuten?", wollte Katharina nun genauer wissen.

„Naja, als wir uns beim letzten Treffen unterhielten, wirkte Alex mit seinen Antworten oft sehr schnippisch. Ich fand es schon fast grenzwertig, wie er sich mir gegenüber äußerte. Alex wirkt in letzter Zeit auf mich arrogant und abgehoben. Irgendwie hatte ich das Gefühl, dass ich ihm aber auch gar nichts recht machen konnte. Und ich hatte den Eindruck, als meide er den direkten Blickkontakt mit mir."

„Aber Isabell", versuchte Katharina nun die Situation etwas zu entschärfen, indem sie frotzelte:

„Mein Alex soll Dir ja wohl keine schönen Augen machen, bekanntlich bin ich doch mit ihm verheiratet!"

Isabell ließ sich von dieser spöttischen Anmerkung allerdings nicht irritieren.

„Hast Du eine Ahnung, warum Alex sich mir gegenüber so verhält? Ich habe ihm dazu doch keinerlei Anlass gegeben, zumindest ist es mir nicht bewusst", fuhr sie in ungewohnt sachlichem Ton fort.

Katharina überlegte einen Augenblick lang, konnte sich aber auch nicht so recht erklären, warum Alex sich ihrer besten Freundin gegenüber derart geben sollte. Sie hakte schließlich nach.

„Hast Du ihn mal darauf angesprochen?"

„Nein", bemühte sich Isabell um eine Antwort.

"Ich wollte unter keinen Umständen eine peinliche Diskussion beginnen und uns dadurch womöglich den schönen Abend verderben."

Natürlich konnte Isabell manchmal sehr direkt sein, auch schon mal sehr impulsiv und übertrieben begeisterungsfähig erscheinen. Aber dies hatte Alex, so überlegte Katharina, doch sicherlich nicht zum Anlass genommen, um zu Isabell unhöflich zu sein. Ihre Freundin war in manchen Dingen schon speziell, ja, aber so war sie von Anfang an gewesen, so kannten sie Isabell schon viele Jahre.

Isabell ließ nicht locker, sie wollte von ihr einen Grund oder Anlass hören, warum Alex ihr gegenüber solch ein Verhalten an den Tag legte. Offensichtlich schien sie der Umgangston von Alex zu belasten, sonst hätte sie nicht so hartnäckig nachgehakt und Antworten von Katharina eingefordert.

„Ich habe das Gefühl, dass Deinen Alex irgendetwas bedrückt oder gar belastet", fuhr Isabell fort.

„Er wirkt mir in letzter Zeit etwas ungeduldig, ja irgendwie oberflächlich und intolerant, gegenüber anderen und sich selbst."

Katharina fühlte sich zunehmend unwohler in ihrer Haut und schaute ihre Freundin besorgt an. Sie konnte sich beim besten Willen nicht erklären, warum sie sich in dieser Art und Weise von Alex behandelt fühlte. Nach einer Rechtfertigung suchend, schob Isabell sogleich nach:

"Katharina, kann es sein, dass Alex mit meiner Art zu leben, nun doch ein Problem hat? Kommt er damit nicht klar, dass ich für Männer nicht viel übrighabe, dass ich in dieser Hinsicht eben anders bin? Kann es vielleicht sein, dass er gegenüber lesbischen Frauen mittlerweile Nulltoleranz übt, weil es nicht in sein Weltbild passt und er das einfach nicht zugeben will?" Isabell fragte in einer unnachgiebigen Art, was ihre Freundin durchaus registrierte.

Katharina reagierte leicht verunsichert. Für sie war es nie ein Problem gewesen, dass Isabell sich ausschließlich zu Frauen hingezogen fühlte und dies auch öffentlich lebte.

Als sie sich erst kurze Zeit gekannt hatten, hatte Katharina ihr klar und unmissverständlich erklärt, es sei ihr völlig egal, ob sie mit Männern oder Frauen etwas habe oder mit beiden gleichzeitig. Von diesem Augenblick an war dies kein Thema mehr für die beiden gewesen. Katharina merkte, dass Isabell ihr gegenüber zunehmend ungehalten und aggressiver wirkte, so, wie sie es von ihr bisher nicht gewohnt gewesen war.

„Und um es noch einmal ganz deutlich zu machen…", setzte Isabell ihre Rede fort und legte zum wiederholten

Male die Kuchengabel auf dem Teller ab, ohne von der Himbeertorte überhaupt etwas gegessen zu haben.

„… nein, ich bin nicht neidisch auf Deinen Alex, nur weil er über enorm viel Geld verfügt, mit dem er Dir und Euren beiden Töchtern ein traumhaftes Zuhause verschafft hat. Und ich bin auch nicht neidisch, weil er Dich verwöhnt wie kein anderer Mensch, den ich je kennengelernt habe. Ich kritisiere Deinen Alex auch nicht dafür, dass er es offensichtlich sehr gut versteht, die Gutgläubigkeit seiner Geschäftspartner auszunutzen und sich damit eine goldene Nase verdient."

Isabell redete sich regelrecht heiß; sie redete sich fast um Kopf und Kragen und riskierte dabei, die Freundschaft mit Katharina aufs Spiel zu setzen.

Die verstand natürlich, was Isabell da unausgesprochen in den Raum stellte: Sie spielte auf diese Geldtransaktionen an, von denen Alex ihr gelegentlich berichtete und die ihm sehr hohe Gewinne einbrachten – und die ihnen letztlich zu diesem Luxus verholfen hatten, in dem sie jetzt lebten. Ihr war dabei nie so richtig wohl gewesen. Sie hatte immer wieder Zweifel an der Seriosität seines beruflichen Wirkens gehegt und insgeheim gehofft, alles werde schon gut gehen.

Isabell versuchte sich ihrer Freundin zu erklären:

„Katharina, verstehe mich bitte nicht falsch! Du weißt, wie sehr ich Dich schätze und als wahre Freundin liebgewonnen habe. Aber irgendwie werde ich den Eindruck nicht los, Alex verliert in gewisser Weise immer mehr die Bodenhaftung und damit auch den Bezug zur Realität. Dazu gehört zweifellos die Wertschätzung seines

Gegenübers in Sachen Toleranz und Achtung. Die vermisse ich bei Alex mehr und mehr. Das macht mir ehrlich gesagt große Sorge! Sollte ich mich so in ihm täuschen und ihn falsch einschätzen? Manchmal denke ich, wie er sich doch in den letzten Jahren verändert hat – aber nicht unbedingt zu seinem Vorteil!"

Katharina machte es unterschwellig Angst, was Isabell über Alex äußerte.

„Ich möchte, dass wir weiter die besten Freundinnen bleiben", beteuerte Isabell.

„Verstehst Du, meine liebe Katharina? Ich sorge mich auch um Dich, weil ich nicht weiß, warum Alex sich so verändert hat, was ihn dazu treibt und was wirklich in ihm vorgeht."

So direkt hatte Katharina ihre Freundin noch nicht erlebt. Sie spürte, dass Isabell regelrecht um sie kämpfte. Aber waren ihre Bedenken und die Sorgen um Katharina wirklich berechtigt?

Kannte Katharina ihren Alex überhaupt genügend? Oder hatte sie bereits das Wesentliche irgendwann aus den Augen verloren und schwebte nur noch auf Wolke sieben? Es schien ihr so, als wolle Isabell ihr den Spiegel vorhalten, um sie zurückzuholen in die Realität, von der sie sich möglicherweise immer weiter entfernt hatte, ohne es überhaupt bemerkt zu haben.

Die Freundinnen tranken ihren Kaffee und starrten dabei wortlos auf die Tortenstücke, von denen sie kaum etwas angerührt hatten.

Katharina spürte, wie wichtig ihr Isabell wirklich war und was sie ihr bedeutete. Über ihren ernsten Dialog in der vergangenen halben Stunde war ihr Alex gedanklich etwas ins Abseits geraten.

Der Tag endete für beide in einer eher schwersinnigen und ernüchternden Stimmung; einer Verfassung, die sie noch länger Zeit begleiten sollte.

LKA Hannover - Cold Case Unit

Kriminalrat Paul Beckstein wurde mit der Leitung einer von drei Ermittlungsgruppen der neu eingerichteten Cold-Case-Unit (CCU) im Landeskriminalamt Hannover beauftragt.

Der 58-jährige Beckstein hatte nahezu alle Bereiche der Kriminalpolizei durchlaufen und verfügte über einen Schatz an Erfahrungen in der Ermittlertätigkeit.

Im Bereich der Gewaltkriminalität konnte er in den vergangenen acht Jahren die meisten Erfolge vorweisen. Die Aufklärung von Tötungsdelikten war ein Schwerpunkt seiner Tätigkeit. Nicht selten biss er sich dann regelrecht fest, wenn er eine Spur verfolgte. Dann ließ er einfach nicht locker. Beckstein galt daher als Terrier unter den Ermittlern, nicht selten ging er bis an seine persönlichen Grenzen.

Seit dem Vormittag lagen in seinem Büro zwei Aktenstapel auf dem Schreibtisch. Es waren Ermittlungsakten zu Mordfällen aus den achtziger und neunziger Jahren, die im Rahmen der Umstrukturierung des Landeskriminalamtes nun erneut bearbeitet werden sollten; zwei der brutalsten Gewaltverbrechen von mehr als zwei Dutzend ungeklärten Fällen.

Irgendwann im Verlaufe der Ermittlungen war ein Punkt erreicht gewesen, an dem die Wahrscheinlichkeit, diese Taten jemals vollständig aufzuklären, gegen Null ging. Da kamen die Ermittler einfach nicht mehr voran. Alle Spuren und Zeugenaussagen waren mehrfach auf Plausibilität und Logik überprüft oder der Tatort zum wiederholten Male nach unentdeckten Spuren durchsucht worden. Schließlich waren diese unaufgeklärten Verbrechen zu „Cold Cases" erklärt worden.

Natürlich spielte bei solchen Kriminalfällen Resignation auch eine gewisse Rolle. Und gelegentlich war der ausbleibende Aufklärungserfolg auch mit persönlichem Versagen von Einzelnen oder einer ganzen Ermittlungsgruppe verbunden.

Unter den Ermittlern waren nicht selten schon Beziehungen und Ehen zerbrochen, weil sie Nächte und Wochenenden damit verbracht hatten, Täter ausfindig machen zu wollen. Sie glaubten, mit ihren Kenntnissen unmittelbar vor der Aufklärung eines Falles zu stehen. Doch dann stellte sich heraus, die Fährte war falsch oder der vermeintliche Täter unschuldig.

Beckstein hatte gelegentlich mit deutlichen Worten davor gewarnt: Ermitteln kann süchtig und krank machen. Man müsse den richtigen Zeitpunkt erwischen und loslassen können, sonst mache ein Fall alles kaputt, was einem lieb und wertvoll sei.

Er kannte dies aus eigener Erfahrung nur zu gut und riet jedem neuen Kollegen, einen Fall unter keinen Umständen dauerhaft zu nah an sich herankommen zu lassen. Der Kriminalrat fürchtete dann insgeheim, dass die Ermittlungen einen Stand erreichen konnten, der den Kollegen schlimmstenfalls auch an die Gesundheit ging. Er hütete sich aber davor, solche Befürchtungen offen zu thematisieren.

Becksteins Blick verharrte schon eine Weile auf den Aktenstapeln. Er konnte sich für keinen von beiden so richtig entscheiden. Aber mit welchem Fall sollte er die Ermittlungen wieder aufnehmen?

Nach kurzem Zögern entschied sich der Kriminalrat schließlich für die Akte mit der Aufschrift:

„SOKO Anna-Lena / 7. November 1985"

Pure Angst

Alex starrte auf den Fußboden und spürte wieder diese Enge. Irgendetwas schnürte ihm den Hals zu.

„Herr Subitz, wovor haben Sie Angst? Können Sie dieses Gefühl näher beschreiben oder an einem konkreten Gedanken festmachen?" Die Therapeutin Eva Kellermann ließ diesmal einfach nicht locker. Sie forderte ihren Klienten geradezu heraus, ihr zu antworten.

Alex hatte sich vor einigen Monaten in therapeutische Behandlung begeben, weil er immer häufiger unter Angstzuständen litt, die ihn wie Attacken aus heiterem Himmel und in unregelmäßigen Abständen heimsuchten. Am schlimmsten traf es ihn, wenn er mehrere Stunden im Auto unterwegs war – plötzlich konnte er nicht mehr ertragen, in einem so kleinen Raum zu sein. Dann wollte er am liebsten sofort anhalten und laufen, so lange laufen, bis er vor Erschöpfung nicht mehr konnte…

„Ich habe das Gefühl, dass die Angstepisoden Sie in einer Art Sinusverlauf heimsuchen," mutmaßte Eva Kellermann.

„Eine Zeitlang schien es Ihnen ja besser gegangen zu sein, wie Sie mir berichteten. Sehen Sie das auch so?"

Alex konnte dieser Vermutung vom Grundsatz her nicht widersprechen.

„Ja, mal ist es deutlich besser", versuchte Alex zu erklären, „aber nach einer gewissen Zeit bricht die Angst wieder durch, und ich schiebe dann regelrecht Panik."

„Wie ist es denn aktuell mit Ihrer beruflichen Situation, was den von Ihnen geschilderten Stress und die Arbeitsbelastung angehen?"

Die Therapeutin versuchte herauszufinden, ob ihr Klient in irgendeiner Weise aktiv geworden ist.

„Haben Sie da etwas gegensteuern können?", hakte Eva Kellermann nach und machte sich dabei Notizen.

„Die Belastung im Job ist in den letzten Monaten nahezu gleichgeblieben. Die Attacken bekomme ich eigentlich immer in der Freizeit und immer öfter in der Nacht", erklärte Alex.

„Halten Sie es denn für möglich, dass der Auslöser dafür eventuell in Ihrer Ehe zu suchen ist?" Sie beobachtete Alex in diesem Augenblick sehr genau. Er war um eine Antwort bemüht, obwohl er im Grunde genommen ganz genau wusste, dass seine Ehe mit diesen Zuständen nicht das Geringste zu tun hatte.

„Nein, in meiner Ehe gibt es keinen derartigen Stress oder Situationen, die als Folge diese Angstattacken hervorrufen", antwortete Alex der Therapeutin, die sich ständig Notizen zu seinen Äußerungen machte. Sie blickte kurz zu ihm auf und fixierte ihn einige Sekunden lang.

Für Alex fühlten sich diese Augenblicke an, als ob sie ihm damit sagen wollte: „Irgendetwas verschweigen Sie mir doch. Sie verbergen etwas vor mir, was Sie zutiefst bedrückt, ja extrem belastet – und es ist offensichtlich etwas, das vermutlich schon sehr lange Zeit zurückliegt."

In Alex stieg langsam das Gefühl auf, seine Therapeutin hatte begonnen, ihn zu durchschauen.

„Haben Sie in der Vergangenheit – und damit meine ich auch einen weit zurückliegenden Zeitraum von Jahren – etwas erlebt, das Sie traumatisiert haben könnte und Sie nun mehr oder weniger bewusst oder unbewusst verdrängen? Vielleicht ist es ja etwas, das sich im Laufe der Zeit tief in Ihrem Inneren verankert hat und das Sie nun für sich allein wie einen Schatz hüten? Ich habe den Eindruck, Sie wollen diesen Schatz niemandem preisgeben. Kann das sein?"

Eva Kellermann versuchte Alex aus der Reserve zu locken. Sie war sich sicher, ganz nah an etwas dran zu sein, was ihr Klient vielleicht in Kürze offenbaren würde. Wie ein Spürhund verfolgte sie eine Fährte, ohne überhaupt genau zu wissen, wonach sie suchen sollte.

„Herr Subitz, oft ist es ja so, dass wir im täglichen Leben Dinge gar nicht so richtig wahrnehmen, aber die Psyche uns umso mehr einen heftigen Streich spielt. Unter Umständen belasten wir uns damit jahrelang, ohne dass wir dafür überhaupt einen konkreten Grund nennen könnten. Es ist dann oft ein diffuses Gefühl, das uns trägt und nicht selten auch von Stimmungsschwankungen begleitet wird." Die Therapeutin suchte Blickkontakt und fuhr sogleich fort.

„Ich will Ihnen das einmal an einem konkreten Beispiel aus meiner Praxis schildern."

Sie wollte Alex dazu ermuntern, sich ihr gegenüber mehr zu öffnen. Es reichte ihr nicht, wie Alex sich mit seinen Problemen auseinandersetzte. Er erschien ihr in gewisser Weise einfach zu passiv. Ihr Eindruck war, dass er es ihr allein überlassen wollte, auf den wahren Grund seiner Probleme zu kommen. Schließlich war sie die Fachfrau und konnte ja Fragen stellen, wenn sie etwas von ihm wissen wollte.

„Vor einiger Zeit kam eine junge Frau in meine Praxis", begann die Therapeutin. Ihre Art zu sprechen erinnerte an jemanden, der begann, seinem Gegenüber eine Geschichte vorzulesen.

„Sie klagte darüber, es nicht mehr auszuhalten, bei einer langen Zugfahrt mit fremden Menschen unterwegs zu sein. Sie bekam nach einer gewissen Zeit Platzangst, Schweißausbrüche, und noch Tage danach überkam sie eine depressive Verstimmung. Sie konnte dafür einfach keinen konkreten Anlass benennen.

Erst nach einem halben Jahr hatten wir in den therapeutischen Gesprächen herausgearbeitet, was der wirkliche Auslöser dieser Zustände war. Sie erzählte in diesem Zusammenhang von einer längeren Bahnfahrt, bei der sie über mehrere Stunden den unangenehmen und aufdringlichen Blicken eines männlichen Mitreisenden ausgesetzt gewesen war. Die Patientin beschrieb diesen Zustand als psychische Folter, der sie sich die ganze Zeit über hilflos ausgeliefert gefühlt hatte.

Die Folgebeschwerden hatten sich bei ihr in regelmäßigen Angst- und Fluchtträumen geäußert, die ihr so manche schlaflosen Nächte bereitet hatten. Verstehen Sie, was ich Ihnen damit sagen will, Herr Subitz?"

Ohne eine Antwort ihres Gegenübers abzuwarten, fuhr die Therapeutin fort.

„Manchmal sind es scheinbar unbedeutende, ganz beiläufige Dinge, auf die unsere Psyche, auch mit einer gewissen zeitlichen Verzögerung, empfindlich reagiert. Die daraus resultierenden Folgen für unsere Gesundheit und das Wohlbefinden können gravierend, ja auf Dauer sogar quälend für den Betroffenen sein."

Alex hatte sehr genau verstanden, was die Therapeutin ihm damit hatte sagen wollen. Er fühlte sich in die Enge getrieben. War sie ihm etwa auf die Schliche gekommen und stand nun kurz davor, ihn gänzlich zu durchschauen?

Er hatte ein Gefühl, als wäre sie fast am Ziel angekommen und würde den wahren Grund erahnen, weshalb er in ihre Sprechstunde gekommen war.

„Herr Subitz, bitte überlegen Sie einmal sehr genau, was es denn sein könnte, was Sie vor vielleicht vielen Jahren derart belastet hat; was Sie aber bis heute nicht preisgeben wollen – oder noch nicht preisgeben können."

Eva Kellermann wollte ihren Klienten nicht weiter bedrängen.

„Vielleicht kommen wir in den nächsten Sitzungen dieser Ursache auf den Grund. Das könnte für Sie eine deutliche und spürbare körperliche wie auch seelische Entlastung bedeuten. Sie werden sich danach wie ein anderer Mensch fühlen, wie jemand, der unnötigen Ballast über Bord geworfen hat und nun leichter durchs Leben schippert, um einmal ein Bild aus der Seeschifffahrt zu bemühen."

Der Therapeutin entging nicht, dass die Anspannung ihres Klienten bei diesen Worten einen gewissen Höchststand erreichte.

Alex spürte seinen Herzschlag nun so deutlich, dass er unbewusst seine Krawatte lockerte. Die Ausführungen der Therapeutin hatten Alex von Minute zu Minute die

Luft zum Atmen genommen. Er empfand es so, als hätte sie ihm eine Schlinge um den Hals gelegt, die sie nun ganz langsam zuzog.

Nie zuvor war Alex Subitz mit seiner Vergangenheit derart unmittelbar und heftig konfrontiert worden.

Das Geschehen vom 7. November 1985 sah er nun wieder so deutlich vor seinem geistigen Auge, als wäre es vorgestern gewesen.

Die Therapiestunde endete für ihn mit vielen Fragen, auf die er keine Antworten fand, und Selbstzweifeln, die ihn quälten.

Fortsetzung der Ermittlungen

Anna-Lenas Vater stand am Fenster und hielt den Brief noch immer in seiner Hand. Er hatte ihn zum wiederholten Male gelesen und sich insgeheim gewünscht, ihn nicht bekommen zu haben. Er dachte dabei sofort an seine Frau. Sie hatte in den vergangenen Jahren unter dem Verlust ihrer Tochter unendlich gelitten.

Die gegenseitigen Vorwürfe waren zeitweise kaum zu ertragen gewesen. Seine Frau hielt ihm nicht nur einmal vor, er hätte sich etwas mehr um Anna-Lena kümmern sollen. Er hätte einfach mehr für sie da sein müssen, vor allem dann, wenn ihre Tochter auf Hilfe angewiesen war.

Die ersten Jahre ohne Anna-Lena hatten ihren Eltern die meiste Energie abgefordert. Seelisch und emotional, aber auch körperlich war es oftmals kaum auszuhalten gewesen. Anna-Lenas Mutter wäre an den Selbstzweifeln und den Vorwürfen fast zerbrochen. Die psychologische Betreuung, die sie gemeinsam mit ihrem Mann über mehr als drei Jahre in Anspruch genommen hatte, war dringend erforderlich gewesen. Im Nachhinein stellte es sich auch als ein täglicher Kampf ums nackte Überleben heraus.

Dass ihre Ehe daran nicht zerbrochen war, grenzte fast an ein Wunder. Sie hatten sehr schnell begriffen, dass der gewaltsame Tod ihrer Tochter sie um nichts auf der Welt auseinanderbringen konnte – auch wenn es nach außen hin gelegentlich so ausgesehen haben mochte.

„Der Tod unserer Anna-Lena hat uns von Tag zu Tag mehr zusammengeschweißt, und er war eine schwere Prüfung für uns. Er hat uns beinahe alles abgefordert, was wir je zu leisten im Stande gewesen waren", erinnerte sich Anna-Lenas Vater. Viele Jahre war bei ihnen an ein normales Leben gar nicht zu denken gewesen.

„Die Angehörigen gehen durch die Hölle, wenn sie ein Kind verloren haben, egal durch welchen Umstand", gab Anna-Lenas Mutter unumwunden zu, wenn sie auf den gewaltsamen Tod ihrer Tochter angesprochen wurde.

„Und es bleibt auch ein Leben lang so – das wird sich nie ändern", ergänzte sie dann oft, und betonte, sie würden diesen Verlust nie verwinden.

„Daran etwas zu ändern, das schaffen selbst die besten Psychologen nicht. In diesen schmerzvollen Verlust mengen sich so viele Erinnerungen, auch an all die schönen Momente, die wir mit unserer Tochter erlebt haben. Das tut ganz besonders weh und ist stets präsent."

Anna-Lenas Vater überlegte, wann er seiner Frau den Brief vom Landeskriminalamt geben sollte. Etwa unmittelbar, wenn sie vom Friedhof zurückkam, oder doch besser erst am Abend, wenn sie ein wenig zur Ruhe gekommen war?

Drei Mal in der Woche besuchte sie das Grab ihrer Tochter. Dann sprach sie mit Anna-Lena und wollte ihr so ganz nah sein. Montags, mittwochs und sonntags, und natürlich am Geburtstag ihrer Tochter, stand sie an deren Grab. Sie berichtete ihr dann von allem, was sie so beschäftigte, worüber sie sich geärgert hatte oder was sie gerade bedrückte. Jedes Mal klagte sie, wie sehr Anna-Lena ihr fehlte.

Und erst, wenn sie die frischen Blumen mit genügend Wasser versorgt hatte, verabschiedete sie sich von ihrer

Anna-Lena mit dem festen Versprechen, sie bald wieder zu besuchen.

Heute fiel es ihr besonders schwer zu gehen, denn heute war Mittwoch, und Anna-Lena war an einem Mittwoch spurlos verschwunden und vermutlich auch gestorben. Irgendwann in den Nachtstunden des 7. November 1985 hatte das Herz ihrer geliebten Tochter plötzlich aufgehört zu schlagen. Dieser furchtbare Gedanke hatte sich regelrecht in ihr Gedächtnis eingebrannt.

Anna-Lenas Vater setzte sich neben seine Frau und schaute sie einige Augenblicke an. Sie spürte sofort, dass ihr Mann ihr offenkundig etwas Wichtiges mitzuteilen hatte. Sein Gesichtsausdruck ließ es unschwer erkennen. Nach mehr als fünfzig Jahren, die sie sich nun schon kannten, wussten sie jede Veränderung des anderen präzise zu deuten.

„Was hast Du? Ist etwas passiert?", drängte sie ihn nach einer Antwort.

„Wir haben heute Post von der Kriminalpolizei erhalten", begann er seiner Frau zu berichten. Er hatte den Brief zuvor wieder sorgfältig in das Kuvert gesteckt.

„Was ist das für ein Brief?", fragte sie ihn, indem sie ihm das Kuvert aus der Hand nahm.

„Es ist eine Nachricht vom Landeskriminalamt. Darin teilen sie uns mit, dass sie seit einigen Tagen die Suche nach dem Mörder von Anna-Lena wieder aufgenommen haben", berichtete er seiner Frau, die begonnen hatte, den Brief zu lesen.

„Nun geht alles wieder von vorne los", war ihre erste Reaktion. Sie klang resigniert.

Die Hoffnung, doch noch zu erfahren, wer ihre Tochter ermordet hatte, die hatten sie nie aufgegeben. Und jetzt, nach so vielen Jahren, erschien es ihr plötzlich so, als sei es erst vor einigen Tagen geschehen. Die Vergangenheit hatte sie innerhalb von wenigen Momenten wieder eingeholt.

„Ich glaube, ich halte das nicht aus. Ich möchte eigentlich gar nicht wissen, wer unserer Anna-Lena das angetan hat. Ich möchte damit einfach nur in Ruhe gelassen werden. Unsere Tochter wird dadurch auch nicht wieder lebendig, wenn sie den Mörder finden. Niemand, niemand wird uns unsere Anna-Lena je wieder zurückbringen!" Josephine Bauer war den Tränen nahe.

Anna-Lenas Vater nahm seine Frau ganz fest in die Arme. Ihre Reaktion zeigte ihm erneut, dass seine Frau den Tod ihrer geliebten Tochter auch nach so vielen Jahren noch nicht annähernd überwunden hatte. Ihr Schmerz ging ihm wieder einmal sehr nahe und erfüllte ihn zugleich mit großer Sorge.

Nun konnte auch er seine Tränen nicht mehr zurückhalten. Den Rest des Abends verbrachten sie schweigend. Sie wünschten sich nichts sehnlicher, als ihre geliebte Anna-Lena wieder bei sich zu haben…

LKA Hannover - Auf der Suche nach dem Täter

Kriminalrat Paul Beckstein hatte sich die besten, die motiviertesten Kollegen, für die bevorstehenden Ermittlungen im Mordfall Anna-Lena Bauer ausgesucht. Sein Ansehen auch außerhalb des Landeskriminalamtes hatte es ihm erlaubt, seinen Einfluss auf die Arbeitsbedingungen und das ihm unterstellte Personal geltend zu machen.

So konnte er die Kriminaloberkommissarin Melanie Zimmermann eigens für diesen Fall gewinnen. Sie war zuvor im Bereich der Jugendkriminalität, mit Schwerpunkt Körperverletzungsdelikte, als verantwortliche Ermittlerin tätig gewesen. Die 38-jährige war direkt nach ihrem Hochschulstudium zum Landeskriminalamt in der niedersächsischen Landeshauptstadt gewechselt.

Als weiterer Ermittler hatte Beckstein den 45-jährigen Kriminalhauptkommissar Knut Hinrichs an seiner Seite. Er hatte zuvor mehrere Jahre erfolgreich in der Mordkommission ermittelt. Einer seiner Schwerpunkte lag eindeutig in der Kriminaltechnik. Dort hatte er sich ein umfangreiches Spezialwissen angeeignet, insbesondere zur Entwicklung und dem Einsatz neuer DNA-Verfahren.

Paul Beckstein hatte ein gutes Gefühl, sich mit diesem Dreiergespann an die Aufklärung des mittlerweile 25 Jahre zurückliegenden Gewaltverbrechens zu wagen. In einem „Kick-Off-Gespräch", wie Beckstein die Eröffnung eines neuen Ermittlungsverfahrens immer nannte, legte er zunächst alle fallrelevanten Fakten dar. So stimmte er die Mitarbeiter auf einen neuen Fall ein und legte zugleich erste Schwerpunkte fest. Die Kriminaloberkommissarin Zimmermann kam Beckstein mit einem Einwand zuvor, nachdem sie aufmerksam seinen Ausführungen gefolgt war.

„Einen DNA-Massentest im Umkreis von zehn Kilometern um den damaligen Tatort wäre als erster Ansatz sinnvoll. Ich werde daher alles Erforderliche in die Wege leiten", bot sie sofort an, ehe Beckstein ihren Vorschlag überhaupt kommentieren konnte.

„Dann nehme ich mir die sichergestellten DNA-Spuren vor und lasse sie noch einmal komplett checken", schlug Hinrichs als weiteren Ermittlungsschritt vor.

„Vielleicht ergeben sich ja weitere verwertbare Spuren, die damals am Tatort eventuell übersehen worden sind."

„Ja, ich denke mit diesen beiden Aktionen schaffen wir eine solide Ausgangsbasis, auf der wir die Folgeermittlungen sauber aufbauen können", stimmte Beckstein zu.

„Ich werde nun den zuständigen Staatsanwalt über den Beginn unserer Ermittlungen in diesem Fall informieren. Wir treffen uns hier in 14 Tagen wieder, um den aktuellen Ermittlungsstand zu besprechen. Gutes Gelingen! Und lassen Sie es mich wissen, wenn irgendwelche Unterstützung erforderlich sein sollte."

Damit war die Jagd auf den oder die Mörder von Anna-Lena Bauer offiziell eröffnet.

Die Nerven liegen blank

„Dann wirst Du Deinen Bruder eine Zeit lang nicht mehr sehen, wenn er demnächst für drei Jahre mit seiner Familie ins Ausland geht. Kommst Du damit klar?", wollte Katharina von Alex wissen.

„Warum soll ich damit nicht klarkommen?", entgegnete Alex, der seinen Blick konzentriert auf die vor ihnen fahrenden Autos richtete. Katharina vermied es nach Möglichkeit Alex während der Fahrt anzusprechen, geschweige mit ihm zu diskutieren.

„Du weißt doch, wie selten ich ihn in letzter Zeit zu Gesicht bekommen habe. Da macht es doch keinen Unterschied, ob er demnächst einhundert oder zehntausend Kilometer von uns entfernt wohnt", antwortete er mit einem deutlichen Unterton zwischen Gleichgültigkeit und Gereiztheit.

Ihm war es mehr oder weniger egal, wo sein Bruder sich aufhielt, denn in den letzten Jahren war der Kontakt zu ihm alles andere als intensiv gewesen. Sie wollten Jogi – so der Spitzname von Alex' großem Bruder Joachim – noch einmal einen Besuch abstatten, aber nur, weil sie dazu offiziell eingeladen worden waren. Es sollte der Ausstand mit Freunden und Bekannten sein, den sie gemeinsam feiern wollten. Wenn es nach Alex gegangen wäre, hätte ein Telefonat gereicht, um ihm und seiner Schwägerin für deren Auslandsaufenthalt alles Gute zu wünschen.

Das Verhältnis, das Alex zu seinem Bruder Joachim hatte, war am ehesten noch als „locker" zu bezeichnen. Eine große Nähe hatte auch früher nicht existiert. Alex hatte nie gesteigerten Wert darauf gelegt, mit „Jogi" in Kontakt zu sein, geschweige denn, gemeinsam mit ihm etwas zu unternehmen. Und nachdem Alex seine große Liebe Katharina geheiratet hatte, war kurz darauf auch noch der seltene, meist telefonische Kontakt zwischen ihnen ganz abgebrochen.

Dabei hätte sich Katharina gern gelegentlich mit ihrer Schwägerin getroffen, weil sie in so vielen Dingen des Lebens gleicher Auffassung waren und sie gut harmonierten. Alex verstand es jedoch immer wieder, diesen Kontakt unter irgendwelchem Vorwand zu unterbinden. Das kam Katharina nicht etwa nur so vor. Ganz gewiss nicht. Da war sie sich ganz sicher. Alex machte einen gewissen Alleinanspruch gegenüber seiner Frau geltend, den sie immer stärker als Einengung in ihrer persönlichen Freiheit empfand.

Katharina sah, wie sich die Landschaft mit rasender Geschwindigkeit an ihr vorbeibewegte. Sie verglich dabei ihre geschätzte Geschwindigkeit mit der, die auf einem orangefarbenen Display angezeigt wurde. Ihre Schätzung wich nur 10 km/h ab. Aber die 165 km/h, die Alex nun schon einige Minuten konstant fuhr, waren ihr dennoch viel zu schnell, nicht nur, weil sie mit ihren Kindern unterwegs waren.

Katharina vermied es, mit Alex eine Diskussion zu beginnen Er konzentrierte sich gerade auf die Fahrzeuge, die sich ihnen auf der Überholspur mit deutlich höherer Geschwindigkeit näherten. Nachdem Alex eine Lücke abgepasst hatte, scherte er mit seiner Luxuslimousine aus. Katharina kam es mal wieder so vor, als wollte er seiner Familie unbedingt beweisen, dass er es mit jedem anderen auf der Autobahn leicht aufnehmen konnte, schließlich hatte er nicht weniger als 450 Pferdestärken unter der Motorhaube.

Das Machogehabe hatte Katharina von Anfang an gestört. Sie hatte zu oft schon miterleben müssen, wie Alex in typischer Raser Manier zeigen musste, dass er sich so einfach nicht abhängen ließ. Das Alter eines Heranwachsenden hatte Alex doch schon längst hinter sich gelassen, dachte sie oft. Und seiner Frau musste er anderen gegenüber nichts beweisen. Katharina hatte für sein Verhalten einfach keine plausible Erklärung.

Wenige Sekunden, nachdem Alex den Überholvorgang beendet hatte, tauchte plötzlich, wie aus dem Nichts, ein Polizeifahrzeug auf. Mit Blaulicht und der „Bitte folgen!"-Anzeige fuhren die Beamten der Autobahnpolizei im sicheren Abstand zum 8 Zylinder Boliden, den Alex steuerte.

„Das hatte ja gerade noch gefehlt!", fluchte Alex. Die Geschwindigkeitsanzeige verringerte sich innerhalb weniger Sekunden von 160 km/h auf 90 km/h. Alex wurde im wahrsten Sinne des Wortes von der Polizei ausgebremst. Katharina merkte, wie diese Reglementierung an seinem Ego kratzte. Alex konnte es einfach nicht ertragen, wenn er sich unterordnen musste und andere ihm vorschrieben, was er zu tun hatte.

Katharina nahm diesen Umstand mit einer gewissen Genugtuung zur Kenntnis. Gerade, weil sie mit ihren Kindern unterwegs waren, fand sie es unverantwortlich von ihm, so schnell zu fahren.

„Bist Du etwa zu schnell gefahren? Oder warum winken die Dich raus?"

„Woher soll ich das denn wissen? Oder bin ich ein Hellseher?", herrschte Alex seine Frau an, ohne sie dabei anzusehen. Von seiner forschen Art war sie irritiert.

Katharina bemerkte, wie angespannt Alex war; er klammerte sich am Lenkrad regelrecht fest. Sie fand sein Verhalten übertrieben und unangemessen, es entsprach keineswegs der Situation.

Nach circa einem Kilometer erreichten sie die Ausfahrt zu einer Raststätte, und wurden zu einem abgesperrten Parkplatz gelotst.

„Was will denn die Polizei von uns, Papa?", fragte Beatrice neugierig, während Alex fast schon Schrittgeschwindigkeit fuhr.

„Mama, werden wir jetzt verhaftet?", meldete sich nun auch Lea zu Wort.

„So ein Quatsch", antwortete ihre Schwester neunmalklug und schüttelte den Kopf.

„Nein, ganz gewiss nicht, mein Liebes. Die Polizisten wollen sicherlich nur den Führerschein von Papa sehen, weiter nichts", versuchte Katharina die Kinder zu beruhigen. Dass noch ein weiteres Polizeifahrzeug direkt hinter ihnen fuhr, hatte Alex die ganze Zeit über nicht bemerkt.

„Guten Tag! Autobahnpolizei Hannover. Allgemeine Verkehrskontrolle. Bitte stellen Sie den Motor ab!", forderte einer der Polizisten Alex freundlich auf. Einige Meter entfernt stand ein weiterer Polizeibeamter und beobachtete Alex und seine Familie sehr genau.

Er hatte dabei aus Gründen der Eigensicherung ständig eine Hand auf seiner Dienstwaffe ablegt.

Für einige Augenblicke wurde es absolut still.

Katharina bemerkte, wie Alex' Hände leicht zitterten. Sein Pulsschlag zeichnete sich an seinem Hals oberhalb des Hemdkragens erkennbar ab. Katharina mutmaßte, dass er wohl unter enormen Stress stand.

Aber warum reagierte Alex nur so verängstigt, fragte sie sich. Es ist doch nur eine ganz normale Verkehrskontrolle, wie sie tagtäglich hundertfach auf den Autobahnen stattfindet. Und außerdem hatte er doch nichts getan. Es gab schlichtweg keinen Grund dafür, dass er derart überzogen reagierte.

Während die Abfrage zum Fahrzeugführer und den Fahrzeugdaten einige Minuten in Anspruch nahm, wandte sich Katharina besorgt Alex zu.

„Mein Schatz, ist alles okay mit Dir? Geht's Dir nicht gut?", wollte sie es nun genauer wissen. Aber noch bevor sich Alex äußern konnte, näherte sich der Beamte. Er übergab Alex die Fahrzeugpapiere und wünschte allen eine angenehme Weiterfahrt.

Hastig und sichtlich verärgert verstaute Alex seine Papiere. Er umfasste mit beiden Händen das Lenkrad. Und dann platzte es aus ihm heraus. Er verlor augenblicklich seine Fassung.

"Bullshit! Verdammter Bullshit! Wegen so einer blöden Kontrolle versetzen die einen in Todesangst. Haben die nichts Besseres zu tun? Das ist doch reine Schikane! Die sollen Verbrecher jagen und die unschuldigen Autofahrer gefälligst in Ruhe lassen!"

Alex war regelrecht explodiert. Er schien sich kaum mehr zu beruhigen. Mehrmals schlug er heftig mit seinen Fäusten auf das Lenkrad ein. Katharina schaute ihn entsetzt an. Sie konnte sich diesen Ausraster einfach nicht erklären.

Was war mit ihrem Alex nur passiert? Warum reagierte er in dieser Situation derart heftig? So kannte Katharina ihren Ehemann überhaupt nicht; seine Überreaktion irritierte sie.

„Was ist nur mit Dir los? Bitte beruhige Dich wieder. Es ist doch nichts passiert. Mein Schatz, soll ich lieber weiterfahren?"

Katharina versuchte, das Verhalten ihres Mannes zu verstehen, und vor allem wollte sie ihren Kindern die Angst nehmen. Beatrice und Lea waren durch das Verhalten ihres Vaters völlig verwirrt und konnten es einfach nicht einordnen, warum er sich so aggressiv verhielt. Als sich Katharina ihren Töchtern zuwandte, bemerkte sie, dass Lea kurz davor war, zu weinen.

„Was haltet ihr davon, wenn wir hier eine Pause einlegen und ein Eis essen?", schlug Katharina spontan vor.

„Oh ja, ein Vanilleeis möchten wir gerne haben", riefen die Kinder begeistert.

„Okay, das ist eine gute Idee", stimmte Alex zu, der sich wieder ein wenig gefangen hatte.

„Entschuldige bitte mein Schatz, ich bin grad etwas überfordert", bemühte Alex sich zu rechtfertigen. Er umarmte Katharina und gab ihr einen flüchtigen Kuss auf die Wange.

Irgendetwas stimmt mit meinem Alex nicht. Irgendetwas scheint ihn derart zu belasten, dass er zeitweilig die Kontrolle über sich verliert und dann völlig neben sich steht. Seine Reaktionen gingen Katharina einfach nicht mehr aus dem Kopf. Sie musste noch eine ganze Weile an diesen Vorfall denken.

Als sie den Kindern zuschaute, wie genüsslich sie ihr Eis vernaschten, fiel ihr ein, dass Alex schon seit einiger Zeit in ganz banalen Situationen auffallend empfindlich und dünnhäutig reagiert hatte. Ihr drängte sich dabei der Eindruck auf, er fühlte sich bei jeder Kleinigkeit in die Enge getrieben. Und es kam ihr so vor, als hätte er etwas zu verheimlichen.

Aber was konnte das nur sein? So sehr sie über sein merkwürdiges Verhalten auch nachdachte und grübelte; Katharina fand dafür einfach keine plausible Erklärung; nicht einmal ansatzweise.

LKA Hannover - Der wichtigste Zeuge

„Herr Wegener, zunächst einmal vielen Dank, dass Sie unserer Einladung gefolgt sind. Mein Name ist Hinrichs, und dies ist meine Kollegin Zimmermann. Wie Sie unserem Schreiben entnehmen konnten, haben wir die Ermittlungen im Mordfall Anna-Lena Bauer wieder aufgenommen. Nach wie vor sind Sie für uns ein wichtiger Zeuge. Mit hoher Wahrscheinlichkeit waren Sie die letzte Person, die Frau Bauer lebend gesehen hatte, bevor sie einem Gewaltverbrechen zum Opfer fiel."

Kriminalhauptkommissar Hinrichs fuhr mit der obligatorischen Zeugenbelehrung fort:

„Zunächst möchte ich Sie darauf hinweisen, dass Sie als Zeuge verpflichtet sind, hier auszusagen. Mit der einen Ausnahme natürlich, wenn Sie sich damit selbst belasten würden. Nichtwahrheitsgemäße Angaben stellen eine Straftat dar und können mit einer Geld- oder Freiheitsstrafe geahndet werden. Selbstverständlich haben Sie das Recht, Ihre Aussagen ausschließlich in Gegenwart eines Anwaltes zu tätigen."

Kriminaloberkommissarin Zimmermann bemerkte vom ersten Augenblick an, dass der Zeuge nervös wirkte und ihren Blicken regelmäßig auswich. Sie bemühte sich, dies nicht überzubewerten, sondern versuchte von Anfang an, eine entspannte und neutrale Atmosphäre zu schaffen.

Hinrichs und seine Kollegin hofften während dieser Befragung insgeheim darauf, den einen oder anderen, möglicherweise den entscheidenden Hinweis zu erhalten, um diesen Cold-Case aufzuklären. Ihnen war aber durchaus auch bewusst, dass nach so vielen Jahren die Wahrscheinlichkeit dafür sehr gering war.

Allein die Tatsache, dass ihr Zeuge diejenige Person war, die Anna-Lena zuletzt lebend gesehen hatte und dass er mit ihr mehr als zwei Jahre eng befreundet gewesen war, rechtfertigte den hohen Aufwand einer Zeugenbefragung.

„Herr Wegener, es ist nun schon sehr lange her, dass Sie Ihre Freundin durch ein Gewaltverbrechen verloren haben", begann Hinrichs die Befragung. Er vermied es zunächst, den Begriff „Mord" zu verwenden.

„Können Sie dennoch versuchen, sich diesen Abend ins Gedächtnis zurückzurufen und uns Einzelheiten oder Beobachtungen schildern, an die Sie sich auch heute noch gut erinnern? Gab es irgendetwas, das Ihnen merkwürdig am Verhalten von Anna-Lena vorkam? Wirkte sie vielleicht nachdenklich, hatte Sie etwas erwähnt, das Ihnen Anlass gab, sich Sorgen zu machen? Auch Kleinigkeiten, die Ihnen am Verhalten Ihrer Freundin aufgefallen sind, können durchaus wichtig für unsere Ermittlungen sein. Denken Sie bitte in Ruhe darüber nach."

Stefan Wegener überlegte nur einen kurzen Augenblick, bevor er antwortete.

„Wissen Sie, im Grunde genommen war es ein Abend wie jeder andere auch, damals mit Anna-Lena, bevor sie meine Wohnung verließ", begann er sich zu erinnern.

Er sprach auffallend langsam und bedacht. Das wirkte gerade so, als wolle der Zeuge Wegener unter allen Umständen vermeiden, etwas Falsches zu sagen oder sich zu widersprechen.

„Ja, wir hatten uns gestritten. Es ging wieder einmal um familiäre Angelegenheiten, bei denen wir uns nicht so recht einigen konnten. Aber das kam schon mal vor. Das war nichts Besonderes. Wir waren schließlich in einem Alter, in dem im Verlaufe eines Gespräches oder einer Diskussion schon mal eine Kleinigkeit genügen kann, in einen Streit zu geraten", berichtete der Zeuge weiter.

Kriminaloberkommissarin Zimmermann hatte das Protokoll von damals vor sich und formulierte auch gleich ihre erste Frage.

„Herr Wegener, kam es denn schon mal vor, dass Sie gegenüber Ihrer Freundin handgreiflich wurden?"

„Sie meinen, ob ich Anna-Lena jemals geschlagen habe?" Er vermutete hinter dieser Frage die Absicht der Ermittlerin, herzufinden, ob er grundsätzlich bei Streitsituationen zu Gewalttätigkeiten neigte. Auch wenn ihn diese Frage offenbar aus der Reserve locken sollte, blieb er ruhig und besonnen.

„Nein, das war und ist nicht meine Art, mit Gewalt zu antworten, wenn mir die Argumente ausgehen. Ich glaube, ich hätte wohl kaum den Beruf des Pädagogen gewählt, wenn ich derart veranlagt wäre", versicherte Wegener glaubhaft.

„Was genau machen Sie beruflich?", hakte Hinrichs nach, bevor seine Kollegin zu Worte kommen konnte.

„Ich arbeite seit mehreren Jahren an einem Gymnasium und bereite die Schülerinnen und Schüler gewissermaßen auf das Leben vor. Ich unterrichte die Abiturklassen, hauptsächlich in den Fächern Philosophie und Geschichte", präzisierte Wegener.

„Die Abiturientinnen sind ja ungefähr in dem Alter, in dem Anna-Lena damals war, als sie auf so schreckliche Weise zu Tode kam", konstatierte Kriminaloberkommissarin Zimmermann und ging zur nächsten Frage über.

„Denken Sie da nicht gelegentlich auch an Ihre damalige Freundin, wenn Sie tagtäglich mit so jungen Menschen zu tun haben?"

Wegener wirkte sehr nachdenklich. Die erfahrene Ermittlerin hatte den Eindruck, ihn mit dieser Frage weit in die Vergangenheit zurückversetzt zu haben. Sie überlegte, was wohl nun in ihm vorging, über was er so intensiv nachdachte. Ihre Gedanken darüber wurden durch die Antwort des Zeugen jäh unterbrochen.

„Das mag Ihnen jetzt vielleicht etwas kaltherzig oder versachlicht vorkommen."

Stefan Wegener hielt einen Moment inne und holte tief Luft, bevor er weitersprach.

„Wissen Sie, ich habe drei lange Jahre gebraucht, um mit dem Tod von Anna-Lena halbwegs umgehen zu können. Davor war an ein normales Leben überhaupt nicht zu denken. Nur jemand, der so etwas Schreckliches erlebt hat, kann ermessen, was der Verlust eines geliebten Menschen in einem selbst auslöst. Es hatte mich innerlich fast zerrissen, glauben Sie mir. Diese Zeit war für mich eine sehr schwere Zeit. Sie war einerseits geprägt von Selbstzweifeln und Vorwürfen und andererseits von direkten Anschuldigungen, gerade von wildfremden Menschen. Es ging sogar so weit, dass ich eine Zeitlang als Mörder von Anna-Lena gehandelt wurde und nur wegen Mangels an Beweisen noch frei herumlaufen konnte.

Wochenlang stand ich im Visier der Ermittler; ich weiß nicht, wie oft mich Ihre Kollegen befragten. Aus heutiger Sicht natürlich völlig normal, denn ich war ja mehr als zwei Jahre mit ihr zusammen und hatte eine sehr enge Beziehung zu Anna-Lena. Und ja, ich habe sie wohl als Letzter lebend gesehen, davon können Sie ausgehen.

Was ich in den Wochen und Monaten nach dem Verschwinden von Anna-Lena erlebt habe, wünsche ich niemandem, der sich nichts zu Schulden kommen lassen hat. Das war der absolute Horror.

In den Vernehmungen wurde zeitweise behauptet, dass Anna-Lena neben mir auch ein intimes Verhältnis zu einem anderen Mann gehabt habe. Es wurde also das Mordmotiv „Eifersucht" konstruiert, das mich zum Täter machen sollte. Es war einfach absurd, in welche falschen Richtungen die Ermittlungen führten.

Abgesehen von den tendenziell geprägten Presseveröffentlichungen mit den zahlreichen Vorverurteilungen, war ich eine Zeit lang ständig Schikanen und Bedrohungen ausgesetzt. Das alles war für mich sehr schwer auszuhalten.

Aber um auf Ihre Frage zurückzukommen: Natürlich denke ich hin und wieder an Anna-Lena. Gerade, wenn ich mich an Orten aufhalte, an denen wir gemeinsam Schönes erlebten. Anna-Lena war einfach fasziniert von der Nordsee. Wir haben dort so manches Wochenende verbracht und am liebsten, wenn es draußen stürmte, fühlte sich meine Freundin am wohlsten. Die Gezeiten mit ihren Naturgewalten mochte Anna-Lena besonders. Seit unserem letzten Aufenthalt dort bin ich nie wieder an die See gefahren. Das geht ohne Anna-Lena einfach nicht mehr."

Hinrichs und seine Kollegin hielten kurz Blickkontakt. Ihnen war klar, dass die Befragung den Zeugen gerade psychisch unangemessen stark belastete. Er war schließlich als Zeuge und nicht als Beschuldigter geladen. Trotzdem hielt Hinrichs an seiner Befragungsstrategie fest.

„Herr Wegener, können Sie sich vorstellen, dass Anna-Lena zeitgleich eine Beziehung zu einem anderen Mann gehabt haben könnte?"

„Sorry, aber das kann ich mir nicht vorstellen. Nein, das können Sie zu einhundert Prozent ausschließen. Ich stand mit Anna-Lena in einer Beziehung, die ich als ehrlich und aufrichtig bezeichnen würde. Wir hatten großes Vertrauen zueinander. Da bestand weder für einen anderen Mann, noch für eine andere Frau die Möglichkeit, in unsere Beziehung einzubrechen. Ich kann behaupten, dass wir ein richtiges Liebespaar waren; zugegeben, wir waren noch recht jung. Anna-Lena war gerade mal 17 Jahre alt und ich fast 21 Jahre. Wir gingen mit allem schon sehr verantwortungsvoll um. Wir hatten gemeinsame Pläne für die Zukunft, und dass wir später einmal heiraten würden, das stand für uns so gut wie fest."

Für einen Augenblick herrschte im Befragungsraum absolute Stille. Es war eine Art Verschnaufpause.

Der Kriminaloberkommissarin Zimmermann gingen die Schilderungen des Zeugen ungewöhnlich nahe. Das kannte sie eigentlich gar nicht von sich. Sie ahnte aber schon, woher ihre Reaktion kam: Ihre Tochter hatte in der vergangenen Woche ihren 19. Geburtstag gefeiert.

Unweigerlich dachte sie während der Ausführungen des Zeugen für kurze Augenblicke an ihre Tochter. Eigentlich konnte die erfahrene Ermittlerin Privates und Berufliches sehr gut auseinanderhalten. Aber während dieser Befragung tat sie sich schwer damit.

Hinrichs wandte sich mit einer weiteren Frage an den Zeugen.

„Herr Wegener. Haben Sie jemals einen Verdacht gehabt, wer Anna-Lena getötet haben könnte? Gibt es irgendjemanden, dem Sie dieses Verbrechen damals zugetraut hätten, ohne dass sie es den ermittelnden Beamten gegenüber geäußert hätten?

Stefan Wegener wirkte weiter ruhig und gefasst. Er ließ sich bis zu einer Antwort ungewöhnlich viel Zeit.

„Wissen Sie, von dem Augenblick an, als ich erfuhr, dass Anna-Lena tot aufgefunden worden war und somit feststand, sie war einem Verbrechen zum Opfer gefallen, stellte ich mir tagelang nur diese einzige Frage:

Wer hat meiner Liebsten so etwas angetan? Eine bestimmte Person, der ich so etwas Entsetzliches zugetraut hätte, hatte ich eigentlich nie vor Augen. Ich weiß nicht warum, aber ich hatte von Anfang an so eine Ahnung, so ein unerklärliches Gefühl, dass der Mörder von Anna-Lena nicht aus unserer Gegend kommt.

Ich dachte auch immer daran, dass Anna-Lena einfach zum falschen Zeitpunkt am falschen Ort gewesen war und es eine Zufallsbegegnung gewesen sein musste, die sie mit ihrem Leben bezahlte. Für mich ist der Täter aus dem Nichts gekommen und dann wieder im Nichts verschwunden. Der Mörder meiner damaligen Freundin war für mich irgendwie immer so etwas wie ein Phantom. Verstehen Sie, was ich damit sagen will?"

Hinrichs und seine Kollegin Zimmermann sahen keine weiteren Ermittlungsansätze, von denen sie sich einen Hinweis auf einen Täter erhoffen konnten.

Als die Vernehmung irgendwie ins Stocken geriet, wandte sich Stefan Wegener mit einer Frage an die Ermittler.

„Sie haben die Ermittlungen nach so vielen Jahren nun wieder aufgenommen. Bedeutet das etwa, dass Sie bereits einen konkreten Hinweis auf einen Täter haben oder vielleicht schon unmittelbar vor der Aufklärung des Mordes an Anna-Lena stehen?

Kriminaloberkommissarin Zimmermann kam Hinrichs mit einer Antwort zuvor.

„Herr Wegener, natürlich ist es so, dass wir aus ermittlungstaktischen Gründen keinerlei Auskünfte geben können und dürfen. Leider auch Ihnen gegenüber, obwohl Sie ja aus verständlichen Gründen ein berechtigtes Interesse daran haben, zu erfahren, wie der aktuelle Stand der Ermittlungen ist. Was ich Ihnen aber sagen kann, ist, dass wir dem Täter, zwar nicht auf den Fersen, wohl aber schon auf der Spur sind. Sie können davon ausgehen, dass wir nichts unversucht lassen, um den oder die Täter zu fassen, auch wenn die Tat, wie in diesem Falle, schon mehr als 25 Jahre zurückliegt."

Stefan Wegener musste sich mit diesem Hinweis zufriedengeben. Er merkte, die Befragung stand unmittelbar vor dem Ende und er würde keine Gelegenheit mehr haben, doch noch etwas zum aktuellen Stand der

Ermittlungen zu erfahren.

„Für Ihre Einschätzungen und Antworten danken wir Ihnen sehr, Herr Wegener. Wenn sich etwas Neues ergeben sollte, werden Sie es mit Sicherheit erfahren — spätestens über die Medien", verabschiedete Hinrichs den Zeugen. Kriminalhauptkommissarin Zimmermann begleitete ihn aus dem Vernehmungsraum.

Dieser Vormittagstermin endete letztlich mit einer ernüchternden Tatsache: Die Ermittler verfügten bis zu diesem Tage über keine neuen Erkenntnisse, die den Mordfall Anna-Lena Bauer in irgendeiner Weise vorangebracht hätten. Und das schon seit Wochen.

Angst vor dem Aufprall

„Herr Subitz, dann erzählen Sie doch bitte mal, was Sie in den vergangenen Wochen erlebt haben, was Ihnen für unser heutiges Treffen wichtig sein könnte. Oder haben Sie ein ganz bestimmtes Ereignis, das Sie aktuell beschäftigt und das Sie besprechen möchten?", eröffnete die Therapeutin das Gespräch.

Alex schwieg zunächst und konnte keinen Einstieg in die Therapiestunde finden. Eva Kellermann bemerkte aber sehr wohl, dass Subitz etwas bedrückte; er wirkte unsicher und hatte augenscheinlich Probleme, dies offen zu artikulieren.

„Also, meine Angstattacken sind nicht mehr, aber auch nicht weniger häufig aufgetreten", begann Alex.

„Können Sie mir dafür mögliche Auslöser nennen? Etwa, wann Sie eine Angstattacke hatten, und was Sie dann konkret dagegen unternommen haben? Wie sind Sie vorgegangen?"

Alex versuchte sich so gut wie möglich an seinen Traum zu erinnern. Seine Stimme klang etwas gebrochen. Er flüsterte, sodass die Therapeutin Mühe hatte, auch alles zu verstehen.

„Einer meiner letzten Träume handelte von einem Flugzeugabsturz. Das Flugzeug, in dem ich mit einigen Passagieren saß, näherte sich dabei unaufhaltsam dem Erdboden. Ich hatte furchtbare Angst vor dem Aufprall. Merkwürdigerweise verhielten sich die anderen Passagiere absolut gelassen. Es war völlig absurd, was ich da erlebte. Schließlich war ich der Einzige, der panisch reagierte. Und ich konnte mich dieser Situation einfach nicht entziehen. Wie festgewachsen und unfähig, mich zu bewegen, war ich diesem Aufprall ausgeliefert."

Alex dachte einen Augenblick nach und starrte dabei auf den Boden. Die Therapeutin unterbrach ihn nicht, sondern ließ ihm die nötige Zeit, die er brauchte, um fortzufahren.

„Ein weiterer Traum handelte davon, dass ich von mehreren Menschen regelrecht gejagt worden bin und ich große Mühe hatte, ihnen zu entkommen. Am Ende stand ich ganz allein vor einer Steilklippe und überlegte, ob ich hinunterspringen sollte. Aber zu einer Entscheidung ist es nicht mehr gekommen, da ich schweißgebadet aufwachte."

Er hätte noch weitererzählen können. Zum Beispiel auch davon, dass er mittlerweile schon in Panik geriet, wenn das Telefon klingelte, oder, dass es für ihn zunehmend ein Problem darstellte, wenn er mit Frauen zu tun hatte, die der Person ähnelten, der er vor vielen Jahren das Leben genommen hatte – einmal ganz zu schweigen von den diffusen Ängsten, die ihn täglich mehr und mehr quälten.

Alex hatte sich für diese Therapiestunde fest vorgenommen, vorsichtige Andeutungen davon zu machen, was ihn wirklich und permanent belastete. Doch diesen Gedanken hatte er ganz schnell wieder verworfen, als er im Warteraum einige Minuten hatte ausharren müssen.

Er überlegte hin und her: Wie würde die Therapeutin wohl reagieren, wenn sie durch seine Äußerungen von selbst darauf kommen würde, dass er einen Menschen getötet hatte? Was würde sie dann tun? Die Polizei rufen, die ihn an Ort und Stelle verhaften und ins Gefängnis stecken würde? Oder würde sie sich an die zugesicherte Schweigepflicht halten und so tun, als sei nichts geschehen?

„Ganz gewiss nicht", beantwortete Alex sich diese Frage in Gedanken. Er hörte schließlich auf, über diese Was-wäre-wenn-Frage nachzudenken. Ihm war schnell klar, es führte einfach zu nichts. Er konnte sich weder vor noch zurückbewegen. Alex Subitz befand sich mittlerweile in einer Sackgasse. Diesen Gedanken der Auswegslosigkeit konnte er kaum ertragen.

Seine Realität bestand darin, für das zur Rechenschaft gezogen zu werden, was die geltende Rechtsprechung mit den Begriffen Körperverletzung, Vergewaltigung und Mord klar beschreibt.

Ja, Alex hatte Angst davor, eines Tages für ein Verbrechen zur Verantwortung gezogen zu werden, das er tatsächlich begangen hatte. Aber wie lange würde er noch davor weglaufen können? Waren es Tage, Wochen vielleicht sogar Jahre? Schließlich unterbrach die Therapeutin seine Gedanken.

„Herr Subitz, drücken Ihre Beschreibungen oder vielmehr Ihre Träume vielleicht eine Überforderung aus, der Sie ständig ausgesetzt sind? Sie scheinen für die Bewältigung dieser Ängste offensichtlich noch keine Strategien entwickelt zu haben.

Ihr Werkzeugkasten, im sinnbildlichen gesprochen, beinhaltet noch nicht die geeigneten und erforderlichen Werkzeuge, mit denen sie auch rechtzeitig agieren, wirkungsvoll und nachhaltig gegensteuern könnten", konstatierte die Therapeutin.

„Herr Subitz, Sie machen auf mich gerade den Eindruck, schutzlos und ausgeliefert zu sein. Genau so, wie Sie es ja auch ganz treffend geschildert haben."

Eva Kellermann versuchte Alex noch deutlicher vor Augen zu führen, welche Problematik sich hinter seinen Träumen verbarg. Letztlich lief alles darauf hinaus, dass der Alltag ihres Klienten zunehmend von Ängsten geprägt und bestimmt wurde – allgegenwärtige Angst war ein denkbar schlechter Lebensberater.

Die Therapeutin zeigte Subitz Alternativen auf in der Hoffnung, dass er einige davon beherzigen würde.

„Eine Möglichkeit wäre da zum Beispiel, wenn Sie sich konsequent abgrenzen würden. Es ist ein probates Mittel, diesen Ängsten entgegenzuwirken. Versuchen Sie einmal ganz bewusst, sich im Alltag in bestimmten Situationen deutlich abzuschotten. Das sieht dann in der Praxis etwa so aus, dass Sie eben nicht für alles und jeden die Verantwortung übernehmen, wo es für Sie keine Verantwortung zu übernehmen gibt. Seien Sie also nicht so empfänglich und jeder Zeit bereit, die Probleme und Aufgaben anderer lösen zu wollen. Versuchen Sie zukünftig in entsprechenden Situationen ganz einfach ‚Nein' zu sagen, auch wenn Ihnen dies im ersten Moment als schwierig oder unlogisch erscheinen sollte.

Herr Subitz, Sie müssen dringendst dafür sorgen, dass Sie – bildlich gesprochen – den Druck aus dem Kessel nehmen. Ansonsten drohen Sie, früher oder später, daran zu Grunde zu gehen, ja, im übertragenen Sinn zu explodieren, weil Sie diesem Druck einfach nichts mehr entgegenzusetzen haben."

Die Worte der Therapeutin trafen Alex wie Pfeile, die sie ohne Unterlass auf ihn abgeschossen hatte. Es waren gut gemeinte Ratschläge und Tipps, um sich im Alltag vor verbalen Angriffen jeglicher Art zu schützen. Und sie hätten durchaus ihre Daseinsberechtigung gehabt, wenn es bei Alex tatsächlich und alleinig um alltägliche und bekannte Ursachen gegangen wäre, die seine Ängste hervorriefen.

Aber sich dauerhaft der Angst vor den Strafverfolgungsbehörden zu entziehen, dafür gab es kein probates Mittel. Alex hatte diese Tatsache längst verinnerlicht. Dazu brauchte es keine therapeutische Unterstützung mit wohlgemeinten und bewährten Ratschlägen. Er war Realist genug, das zu verstehen.

Was ihn in diese Angstattacken getrieben hatte, war das schreckliche Geheimnis, das an seinem Gewissen nagte, ihn innerlich auffraß und seine scheinbar heile Welt zu vernichten drohte. Das war seine Befürchtung und zugleich die einzige Erklärung für seine gegenwärtig so schlechte psychische Verfassung, unter der er von Tag zu Tag mehr zu leiden hatte.

Eva Kellermann schaute Alex sekundenlang mit einem kritischen Blick an, der auch etwas Mitleid und Bedauern ausstrahlte.

„Herr Subitz, nach allem, was Sie mir da geschildert haben, schlage ich vor, dass Sie sich von einem Psychiater eine leichte Medikation eines angstlösenden Mittels verschreiben lassen. Dies ist natürlich nur als vorüber-

70

gehende Lösung gedacht, um Ihnen zumindest einen Teil des Druckes zu nehmen, dem Sie offensichtlich aktuell ausgesetzt sind."

Die Therapeutin versuchte ihren Klienten schonend auf eine, wenn auch nur begrenzte Einnahme eines Psychopharmakons vorzubereiten.

„Und vielleicht sollten Sie einmal ernsthaft darüber nachdenken, einen anderen Job anzunehmen, um diesen andauernden Stress zu vermeiden", ergänzte sie.

„Ich habe durchaus schon darüber nachgedacht, die Arbeitszeit zu reduzieren, um mehr Zeit für mich und meine Familie zu haben", erklärte Alex.

Aber das, was er gerade gesagt hatte, war schlicht und ergreifend gelogen. Das Gegenteil war der Fall. Das Einzige, was Alex ablenkte und damit seine Ängste milderte, war der geregelte Tagesablauf und eine feste Tagesstruktur, die ihm sein Job gab. Nur das allein sicherte ihm sein Überleben.

Alex stellte sich insgeheim die Frage: Braucht ein nicht verurteilter Mörder überhaupt irgendwelche Überlebensstrategien? Statt für das, was er dieser jungen Frau damals angetan hatte, nun endlich die volle Verantwortung zu übernehmen, versuchte er permanent, mehr schlecht als recht, sich den drohenden Konsequenzen zu entziehen. Im Grunde genommen war ihm vollends bewusst, dass er diesen Zustand nicht mehr allzu lange aushalten konnte.

„Ich plane demnächst mit meiner Familie einen mehrwöchigen Urlaub, weit weg von allem, um mal die Seele so richtig baumeln zu lassen", verriet er beim Abschied seiner Therapeutin. Zum ersten Mal in dieser Therapiestunde zeigte Alex einen Ansatz von Zuversicht und Aufbruchstimmung.

„Das ist eine gute Idee. Und warten Sie damit bitte nicht zu lange", empfahl sie Alex.

Gegen Ende dieser Sitzung machte ihr Klient einen etwas stabileren Eindruck, so kam es Eva Kellermann jedenfalls vor.

Was sie Alex gegenüber allerdings verschwieg:

Egal wohin seine Urlaubsreise auch gehen mag, seine Probleme würde er überallhin mitnehmen.

Er würde sie nicht einfach ablegen können, wie einen Rucksack, der ihm auf Dauer zu schwer geworden war. An dieser schweren Last, wodurch sie auch immer ausgelöst wurde, drohte Alex Subitz irgendwann zugrunde zu gehen. Dessen war sich die Therapeutin nach diesem Gespräch absolut sicher.

LKA Hannover - Ernüchternde Zwischenbilanz

Pünktlich um 10 Uhr eröffnete Kriminalrat Paul Beckstein, Leiter der CCU „Anna-Lena", das mittlerweile fünfte Meeting. Das Außergewöhnliche an diesem Termin war zweifellos, dass alle beteiligten Ermittlungsgruppen zum Rapport eingeladen wurden. Für die Insider war klar, dies konnte nur zweierlei bedeuten:

Entweder stand der Cold Case unmittelbar vor der Aufklärung – oder er war im übertragenen Sinne gänzlich eingefroren. Der Fall Anna-Lena Bauer würde dann trotz maximalen Einsatzes von Ermittlungs- und Kriminaltechnik als unlösbar einzustufen sein. Das Letztere entsprach wohl der Realität.

Nach einem kurzen Eingangsstatement wandte sich Beckstein an die Verantwortlichen der einzelnen Ermittlungsgruppen. Sie hatten nun Gelegenheit, ihre Ergebnisse vorzutragen und im Anschluss daran auch eine Prognose darüber abzugeben, ob der Mord an Anna-Lena Bauer überhaupt noch aufzuklären sei.

Als erster erhielt Kriminalhauptkommissar Hinrichs das Wort; er wartete schon ungeduldig auf ein Handzeichen von Beckstein und begann seinen Bericht mit einer persönlichen Bemerkung an die Anwesenden.

„Werte Kolleginnen und Kollegen. Ich nehme am besten das vorweg, was die meisten von Ihnen ohnehin schon wissen:

Nach mehr als vier Monaten intensiver Ermittlungsarbeit, muss ich leider feststellen, dass das Ergebnis äußerst dürftig ausgefallen ist. Und dies ist nicht nur der Tatsache geschuldet, dass wir es mit einem Verbrechen zu tun haben, das nun schon mehr als ein Vierteljahrhundert zurückliegt."

Hinrichs Kolleginnen und Kollegen nahmen diese Eingangsbemerkung nickend zur Kenntnis. Hinrichs sprach ihnen aus der Seele und brachte damit die vorherrschende Stimmung unter den Ermittlern ungeschönt auf den Punkt.

Kriminalrat Beckstein machte sich sodann auch eine entsprechende Notiz, bevor er Hinrichs Ausführungen seine ungeteilte Aufmerksamkeit schenkte.

„Wir haben unmittelbar nach eingehendem Studium der Ursprungsakten damit begonnen, sämtliche Spurenträger vom Tatort nochmals einer Überprüfung zu unterziehen. Dabei haben wir uns natürlich der neuesten Methoden in der DNA-Analytik bedient.

Der sich daran anschließende Abgleich mit den DNA-Datenbanken aller Landeskriminalämter, einschließlich der des Bundeskriminalamtes, ist bereits abgeschlossen. Leider konnten wir dabei keinen Treffer erzielen. Das Gleiche gilt für die uns zur Verfügung stehenden Möglichkeiten in der Spurendaktyloskopie. Und leider auch hier, wie Sie sich schon denken können: kein Treffer!"

Hinrichs versuchte sich nicht anmerken zu lassen, welchen Frust er mittlerweile in sich trug. Allein seine Ermittlungsgruppe hat seit Bestehen der Cold Cases Unit „Anna-Lena" mehr als achthundert Überstunden geleistet — abgesehen von den vielen Dienstreisen, die erforderlich gewesen waren, um Ermittlungsansätzen nachzugehen, die aber letztlich zu keinem Ergebnis führten.

Hinrichs schloss mit dem Hinweis:

„Wenn uns nicht etwas ganz Außergewöhnliches zufliegt, das letztlich zur Aufklärung dieses Verbrechens beiträgt, sehe ich den Mordfall Anna-Lena Bauer als nicht mehr aufklärbar an. So leid es mir auch tut."

Im Besprechungsraum 110 herrschte spürbare Betroffenheit unter den Anwesenden. Jeder einzelne von ihnen wünschte sich nichts sehnlicher, als den Fall Anna-Lena endlich erfolgreich zum Abschluss zu bringen. Schließlich hatte jeder alles gegeben, was er zu geben bereit und im Stande war. Ein Aufhören oder Resignieren konnte da einfach nicht in Frage kommen.

Als Nächste begann Kriminaloberkommissarin Zimmermann ihre Ermittlungsergebnisse vorzutragen.

„In meinen Verantwortungsbereich fiel die Vorbereitung und Durchführung eines Massen-DNA-Tests im Umkreis von zehn Kilometern um den damaligen Tatort.

Wir haben 16.533 Personen zum DNA- bzw. Speichelprobentest eingeladen. Hiervon waren 16.124 Proben von in Frage kommenden Personen untersucht worden. Laut Melderegister waren bereits 378 Personen verstorben, von denen wir selbsterklärend über keine DNA verfügen. Weitere 31 Personen, die sich zurzeit im nahen oder entfernten Ausland aufhalten, wurden von uns benachrichtigt. Von denen erhielten wir über ein erweitertes Amtshilfeersuchen der zuständigen Polizeidienststellen bzw. Sicherheitsbehörden die angeforderten Speichelproben ausnahmslos zugesandt.

Bemerkenswerterweise haben wir nicht einen einzigen Testverweigerer gehabt. Im Ergebnis muss ich mich leider meinem Vorredner anschließen und feststellen, dass wir ebenfalls keinen Treffer landen konnten.

Die damals am Tatort sichergestellte DNA-Spur, die dem bislang unbekannten Täter zuzuordnen ist, fand sich in keiner Datenbank wieder.

Der Vollständigkeit halber sei noch erwähnt, dass wir natürlich auch die DNA von allen in Frage kommenden Insassen der Justizvollzugsanstalten in Deutschland abgeglichen haben. Darunter befinden sich auch die aktuell einsitzenden Untersuchungshäftlinge."

Kriminaloberkommissarin Zimmermann fand zum Abschluss ihres Berichts noch deutliche Worte, die sich ausschließlich an den Leiter der CCU „Anna-Lena" richteten.

„Wenn wir mal ganz ehrlich sind, müssen wir uns eingestehen, dass wir nach monatelangen Recherchen und Ermittlungen keinerlei neue Erkenntnisse dazugewonnen haben. Ich kann keinen Fortschritt erkennen, der auch nur ansatzweise zur Lösung dieses Falles beitragen könnte. Wir haben einfach nichts, rein gar nichts erreichen können, was uns irgendwie voranbringt.

Wie mein Vorredner, Kollege Hinrichs, schon andeutete, haben wir es hier unter Umständen mit einem unlösbarem, also nicht mehr aufzuklärenden Verbrechen zu tun. So bitter und enttäuschend es auch für uns Ermittler und natürlich die Hinterbliebenen des Mordopfers sein mag.

Vielleicht sollten wir uns mit diesem Gedanken vertraut machen, bevor sich noch mehr Frust und Enttäuschung unter uns Ermittlern ausbreitet."

Melanie Zimmermann war es sehr wichtig, gerade während dieser Zusammenkunft diese Feststellung so deutlich zu treffen, denn unter den Anwesenden befand sich der Leiter der Cold Case Unit.

Die Kriminaloberkommissarin sprach sozusagen als Vertreterin aller Ermittler, die mit diesem Cold Case befasst waren.

Aber längst nicht jeder hatte den Mut und das Selbstbewusstsein, Kriminalrat Beckstein gegenüber so direkt zu äußern, es sei nahezu aussichtslos, diesen Mordfall jemals aufzuklären.

Melanie Zimmermann erhielt von Beckstein erwartungsgemäß und postwendend eine entsprechende Rückmeldung.

„Werte Kollegin Zimmermann. Von gar nichts, wie sie es nannten, das während der aufwändigen Ermittlungsarbeit bisher erreicht worden sei, kann hier doch nun wirklich nicht die Rede sein", widersprach er.

„Das, was Sie, verehrte Kollegin, zum DNA-Abgleich feststellten konnten, ist doch auch ein Ergebnis, selbst wenn es uns nicht den mutmaßlichen Täter präsentiert hat.

Wenn wir einmal davon ausgehen, dass der Mörder von Anna-Lena noch frei herumläuft, dann wähnt er sich bis zum heutigen Tage noch in Sicherheit. Er glaubt also, uns immer einen Schritt voraus zu sein. Der Täter unterliegt also der trügerischen Annahme, er werde weiterhin unentdeckt bleiben und für das Verbrechen, das er begannen hat, nie zur Rechenschaft gezogen. Das bedeutet im Umkehrschluss allerdings nicht automatisch, dass es auch auf Dauer und für immer so bleiben wird. Und bitte, vergessen Sie nicht, wir erwarten in den nächsten Tagen noch die Rückläufer weiterer Ermittlungsanfragen und Recherchen mit den entsprechenden Auswertungen.

Schon allein aus Respekt und der Wertschätzung der Kolleginnen und Kollegen sollten wir diese Ergebnisse nicht einfach unter den Tisch fallen lassen, weil offensichtlich einige von Ihnen den Fall Anna-Lena innerlich bereits abgeschrieben haben. Das wäre eindeutig zu kurz gedacht", gab Beckstein den Anwesenden zu bedenken.

Er bezweckte mit seiner Darlegung einzig und allein, die Anwesenden zu motivieren. Er wollte ihnen keinesfalls das Gefühl geben, dass die vergangenen vier Monate Ermittlungsarbeit umsonst gewesen waren – im Gegenteil: Er betonte ausdrücklich, es lohne sich unbedingt, weiter dran zu bleiben, statt resigniert aufzugeben. Aber viel wichtiger sei, dass sie es dem Opfer und den Angehörigen schuldig seien, alles daran zu setzen, den oder die Täter dingfest zu machen. Allein dies sei Grund genug, niemals zu kapitulieren, so Beckstein.

„Meine verehrten Kolleginnen und Kollegen. Ich danke Ihnen sehr für Ihre Berichte zum aktuellen Stand der Ermittlungen im Fall Anna-Lena Bauer. Ich weiß Ihr Engagement sehr zu schätzen. Dafür gilt Ihnen meine Anerkennung! Sie haben sehr gute und professionelle Arbeit geleistet."

Es war schwer einzuschätzen, wie Becksteins Worte von seinen Mitarbeiterinnen und Mitarbeitern wirklich aufgenommen wurden. Den Anwesenden waren eine gewisse Zurückhaltung und Passivität anzumerken. Und dies deutete zumindest darauf hin, dass seine Bewertungen mehr oder weniger als Durchhalteparolen und Zweckoptimismus angesehen wurden.

Beckstein war nicht nur im Landeskriminalamt dafür bekannt, sich stets sehr gründlich auf Termine dieser Art vorzubereiten. Und nicht selten war er auch für die eine oder andere Überraschung gut.

So war es ihm auch dieses Mal gelungen, unter den Anwesenden für Verwunderung zu sorgen. Beckstein kündigte unter dem letzten Tagesordnungspunkt „Verschiedenes" den Vortrag eines Kriminologen an, der sich mit dem Mordfall Anna-Lena Bauer ebenfalls sehr intensiv auseinandergesetzt hatte.

„Ich möchte zum Abschluss dieses Meetings um Ihre Aufmerksamkeit für unseren vielgeschätzten und erfahrenen Profiler, Kriminaldirektor Dr. Eberhardt Schuster, bitten. Er leitet die Abteilung ‚Operative Fallanalyse' und wird uns seine Einschätzung auf Basis der aktuell vorliegenden Daten und Fakten darlegen.

Vielleicht haben wir bei unseren Ermittlungen etwas noch nicht gesehen oder gar übersehen, weil wir den scheinbar unbedeutenden Dingen in diesem Fall zu wenig oder gar keine Beachtung geschenkt haben.

Ich erteile Ihnen hiermit das Wort, Herr Dr. Schuster."

Becksteins unerwartete Ankündigung kam bei den Ermittlern offenbar gut an.

Mit einem kurzen Applaus begrüßten die Anwesenden den Kriminologen und lauschten konzentriert seinen Ausführungen.

„Kriminalrat Beckstein, ich danke Ihnen zunächst einmal für die Einladung zu diesem Meeting, der ich sehr gern nachgekommen bin."

Dr. Eberhardt Schuster wandte sich nun unmittelbar an die Ermittlerteams.

„Werte Kolleginnen und Kollegen. Ich habe jedem der Vortragenden sehr genau zugehört. Und ich habe auch Ihre impliziten Botschaften wahrgenommen, wenn ich das einmal kurz erwähnen darf, bevor ich zu den eigentlichen Themenbereichen dieses zugegebenermaßen etwas ungewöhnlichen Cold Cases komme."

„Mir ist nicht entgangen, dass einige der hier Anwesenden einen gewissen Frust in sich tragen, was diese scheinbare Unlösbarkeit dieses Falles angeht. Das kann ich sehr gut verstehen und auch größtenteils nachvollziehen, glauben Sie mir. Das kenne ich aus eigener Erfahrung und auch aktuell aus Fällen, zu denen wir einfach keinen Täter ausfindig machen können, obwohl wir lieber heut als morgen einen Täter präsentieren wollen.

Wie Sie alle wissen, hängt es von diversen Faktoren ab, bis alle gerichtsfesten Beweise und Indizien sich einer bestimmten Person zuordnen lassen. Im Ergebnis haben wir dann zu hundert Prozent diese einzige Person als Täter entlarvt. Das erfordert Ausdauer, einen kühlen Kopf und ja, etwas Glück gehört auch dazu.

Und daher möchte ich an Sie appellieren und Sie herzlich bitten: Bleiben Sie an diesem Fall dran! Lassen Sie sich nicht entmutigen. Bitte geben Sie nicht auf!"

Kriminaldirektor Schuster sprühte geradezu vor Energie und Zuversicht. Er sah den Fall Anna-Lena noch längst nicht im Aktenarchiv der endgültig unlösbaren Verbrechen verschwinden – das konnte man ihm deutlich ansehen.

„Nun komme ich aber zu den Themen, die mich bei diesem Fall besonders beschäftigen, und den Fragen, denen wir unbedingt noch nachgehen sollten."

Die Anwesenden hörten Dr. Schuster gespannt zu; einige zückten ihre Schreibblöcke und waren bereit, sich Notizen zu machen.

„Nun, beginnen wir zunächst einmal damit, dass wir uns vergegenwärtigen sollten, was es bedeutet, dass dieses Verbrechen an der 17-jährigen Anna-Lena Bauer nun schon 25 Jahre zurückliegt.

Um sich vorzustellen, welche Situation zum Tatzeitpunkt vorlag, muss uns allen klar sein, dass es damals zum Beispiel noch kein Internet gab. Genauso wenig gehörte das Handy zur Standardausrüstung eines jeden einzelnen. Ich will damit sagen, wir müssen – mit heute verglichen – von einer ganz anderen Kommunikationsstruktur ausgehen.

Die Telefonzelle war in den achtziger Jahren sozusagen das Mittel der Wahl; im wahrsten Sinne des Wortes der nächste Anlaufpunkt, um überhaupt jemanden zu erreichen. Anna-Lena konnte logischerweise nicht eben mal mit ihrem Handy bei ihren Eltern oder Freunden anrufen und sie bitten, sie nach Hause zu fahren.

Sie war auf sich selbst gestellt und in gewisser Weise auch von der Außenwelt abgeschnitten, als sie nach einem Streit mit ihrem Freund kurzentschlossen dessen Wohnung verließ.

Ihre Situation war vermutlich die, dass sie nicht groß darüber nachdachte, in welche gefährliche Situation sie sich unter Umständen begeben würde, wenn sie zu einem Unbekannten in ein Fahrzeug einstieg. Für Anna-Lena stellte sich zunächst nur eine entscheidende Frage: Wie komme ich am schnellsten nach Hause? Sie hat das Risiko, dass ihr dabei etwas passieren könnte, nicht bedacht. Vielleicht hat sie es auch unterschätzt oder sogar billigend in Kauf genommen – als Trotzreaktion nach solch einem Verlauf des Abends? Wohl eher nicht. Wahrscheinlicher ist, dass sie sich über all diese Dinge gar keine großen Gedanken gemacht hat.

Wie ich aus der Ermittlungsakte entnehmen konnte, herrschten am Tatabend Temperaturen im einstelligen Bereich, dazu regnete es und es traten zeitweilig Sturmböen auf. Anna-Lena wollte an diesem späten Novemberabend bei diesen widrigen Witterungsverhältnissen so schnell wie möglich nach Hause.

Es ist anzunehmen, dass sie zu jemandem in ein Fahrzeug stieg, den sie überhaupt nicht kannte. Vielleicht müssen wir sogar davon ausgehen, dass der Fahrzeugführer zufällig dort vorbeifuhr.

Anna-Lena war die Person, der sie sich anvertraute, wohl unbekannt. Nehmen wir das zunächst einmal für unsere weiteren Überlegungen als gegeben an.

Unser Täter hatte offensichtlich auf das spätere Opfer einen absolut seriösen und vertrauenswürdigen Eindruck gemacht. Wir alle kennen doch folgende Situation:

Wir verabreden uns mit jemandem, den wir zuvor noch nie gesehen haben. Wenn wir dieser Person dann real gegenüberstehen, entscheiden wir innerhalb von Sekundenbruchteilen darüber, ob wir diesen Menschen eher sympathisch oder eher unsympathisch finden.

Der erste Eindruck, den wir von unserem Gegenüber gewinnen, hängt dabei von sehr vielen Faktoren ab. Da spielen zum einen unser Lebensalter und unsere Lebenserfahrung eine ganz entscheidende Rolle. Aber auch, welche Erfahrungen wir in der Vergangenheit mit ähnlich aussehenden oder ähnlich sprechenden Personen gemacht haben. Handelt es sich bei der Person, die uns gegenübersteht, um jemanden, mit dem wir positive Erinnerungen verbinden? Oder ist es eher jemand, mit dem wir Negatives assoziieren?

Mit derartigen Überlegungen und Entscheidungen hatte Anna-Lena Bauer bewusst oder unbewusst zu tun.

Allein aufgrund ihres Lebensalters ist es durchaus denkbar, dass sie mit dieser Situation, wenn auch nur für wenige Augenblicke, maßlos überfordert war.

Dennoch, die erste Entscheidung, die sie traf, war die, ins Fahrzeug des Unbekannten zu steigen, weil sie die Person offensichtlich sympathisch fand. Die zweite Entscheidung war, dieser unbekannten Person ihr Vertrauen zu schenken. Anna-Lena vertraute einfach darauf, dass er sie zu ihren Eltern bringen würde, ohne dass ihr etwas passierte. Und in dem Augenblick, in dem sie in dieses Fahrzeug stieg, war ihr Schicksal besiegelt. Und wie wir ja alle wissen, musste Anna-Lena diese Fehlentscheidungen letztlich mit ihrem Leben bezahlen.

Nun komme ich zum Täter beziehungsweise dem Täterprofil. Laut Aktenlage wurde eine Reifenspur am

Tatort sichergestellt, die einer Reifenbreite von 245 Millimetern entspricht. Es ist wohl davon auszugehen, dass es sich bei dem Täterfahrzeug um eines der gehobenen Mittelklasse handelte, wenn es nicht sogar dem Bereich der Fahrzeugklasse Limousine zuzuordnen ist. Damit stellt sich die Frage: Wer gehört zum Kreis der Besitzer solcher Fahrzeuge?

Nun, da kommen zunächst einmal Geschäftsleute im mittleren Alter, also zwischen 30 und 50 Jahren, in Frage. In Betracht kämen aber auch Personen, die durchaus jünger sein können. Legen wir einmal rein hypothetisch für den Täter zum Tatzeitpunkt ein Alter zwischen 25 Jahren und 55 Jahren fest. Das bedeutet im Umkehrschluss, dass wir uns hier und heute, 25 Jahre nach der Tat, in unserer Ermittlungstätigkeit auf eine männliche Person im Alter zwischen 50 Jahren und immerhin 80 Jahren konzentrieren müssen. Und ja, die Frage, wie hoch die Wahrscheinlichkeit ist, dass der 80-Jährige heute schon gar nicht mehr lebt, dürfte der aktuellen Lebenserwartung zufolge recht hoch sein.

Stellen wir uns nun wieder rein hypothetisch als Täter den heute 50-Jährigen vor. Dieses Alter und einen seit mehr als 25 Jahren gleichbleibend gehobenen Lebensstandard vorausgesetzt, ließe eine Person in den Fokus rücken, die verheiratet ist, ein oder zwei Kinder hat und natürlich ein mittlerweile bezahltes freistehendes Einfamilienhaus in bester Wohnlage besitzt.

Was ich gerade in wenigen Sätzen in rein hypothetischen Annahmen versucht habe zu skizzieren, ist eigentlich ein ideales Umfeld für jemanden, der etwas Schreckliches zu verbergen hat: so kann er sich hinter einer glücklichen Familienidylle verstecken! Denn wer käme schon darauf, dass der glückliche Familienvater im fortgeschrittenen Lebensalter eine dunkle Vergangenheit hat und der nie gefundene Mörder einer jungen Anhalterin sein könnte? Ehrlich gesagt niemand.

Tagaus, tagein geht diese Person seinen beruflichen Pflichten nach, unauffällig und völlig unverdächtig. Auch diese Tätervariante ist durchaus denkbar, und das hat es ja in der Vergangenheit nicht nur ein Mal gegeben.

Ich tendiere in unserem Falle also dazu, sich auf einen Täter zu konzentrieren, der diesem Typ entspricht, also heute etwa Mitte fünfzig sein dürfte, plus minus fünf Jahre. Ein Familienvater, der sich möglicherweise in sehr großer Sicherheit wiegt und glaubt, nicht entdeckt werden zu können.

Seine Persönlichkeitsstruktur entspricht der eines eher angepassten und leistungsorientierten Menschen, mit relativ hohem Intelligenzquotienten.

Möglicherweise verfügt er über ein abgeschlossenes Hochschulstudium, wenn nicht gar einen Universitätsabschluss.

Sein Selbstwertgefühl dürfte weniger ausgeprägt sein. Nach außen hin tritt er manchmal eher etwas schüchtern und feinfühlig auf. Ich würde seine Erscheinung als sympathisch beschreiben, mit der Tendenz, bisweilen eine gewisse Überlegenheit auszustrahlen.

Was den Umgang mit Frauen angeht, wäre es denkbar, dass unser Täter auch typisch machomäßige Gebaren an den Tag legt. Weiterhin würde ich unseren Täter als sehr anpassungsfähig einschätzen, also als jemanden, der sich schnell auf neue Situationen einstellen kann.

Der in den Ermittlungsakten damals festgestellte Tatablauf weist meines Erachtens auf einen Täter hin, der sein Opfer erniedrigen wollte, möglicherweise um sich selbst zu erhöhen. Er wollte Macht über einen Menschen ausüben, Macht, die er selbst aufgrund seiner Position im täglichen Leben vielleicht nicht in dem Maße besaß, wie er sich das vorstellte. So etwas kann natürlich Unmut und Aggression erzeugen. Ja, möglichweise war es auch aufgestauter Frust, der sich explosionsartig über diese schreckliche Tat entlud.

Der Täter allein bestimmte, wie und wodurch diese Situation ein Ende haben sollte. Dass der Täter das Opfer tötete, um nicht entdeckt zu werden, liegt nahe, und zwar nicht unbedingt, weil das Opfer den Täter kannte.

Die Täterspuren, aber auch die Kampfspuren des Opfers, lassen darauf schließen, dass Anna-Lena verzweifelt und mit aller Kraft versucht haben muss, sich gegen den Täter zu wehren. So entstand für ihn vermutlich eine Situation, in der er sehr schnell in die Überforderung geriet, die Lage und sich selbst nicht mehr unter Kontrolle hatte und ihn zu dieser Tat trieb.

Er entledigte sich danach seines Opfers, indem er Anna-Lena nur wenige Meter vom Fahrzeug entfernt in ein Dickicht schleifte und dort notdürftig mit Laub und Ästen abdeckte.

Es ist wohl auch davon auszugehen, dass der Täter den Tatort in großer Eile, ja, nahezu fluchtartig verlassen hat, um nicht entdeckt zu werden. Aber ganz offensichtlich hatte er zuvor noch einige persönliche Gegenstände des Mordopfers an sich genommen, wie aus den Ermittlungsakten zu entnehmen ist.

Anna-Lenas Personalausweis und einige ihrer Habseligkeiten waren weder am Tatort, noch sonst wo auffindbar. Ich gehe einmal davon aus, dass der Täter sie als Souvenir oder Trophäe an sich genommen hat. Dies spricht allerdings nicht zwangsläufig dafür, dass es sich um einen Serientäter handeln muss.

Ich komme abschließend zu einem weiteren Aspekt, der für uns Ermittler in Zukunft noch von großer Bedeutung sein dürfte.

Wie Sie sicherlich wissen, ist erst vor wenigen Tagen die neue Datenschutzverordnung in Kraft getreten. Interessant ist dabei für uns der neu aufgenommene Paragraph 11, und insbesondere der Absatz 2.

Er beschreibt die rechtlichen Voraussetzungen für den Zugriff auf die sogenannten nichtbehördlichen DNA-Datenbanken. Diese können zukünftig zu Ermittlungszwecken eingesehen und nach streng festgelegten Kriterien auch ausgewertet werden. In Ausnahmefällen ist sogar die Beschlagnahme kompletter Datenbanken zulässig, wenn der Eigentümer sie nicht freiwillig zur Verfügung stellt.

Im Grundtenor hat der Gesetzgeber die Betreiber dieser Datenbanken also dazu verpflichtet, ihr Datenmaterial den Ermittlungsbehörden nahezu uneingeschränkt zur Verfügung zu stellen. Insbesondere, wenn es sich um die Aufklärung von Straftaten handelt, bei denen mit einer zu erwartenden Freiheitsstrafe von mindesten fünf

Jahren zu rechnen ist. Und das dürfte im Mordfall der Anna-Lena Bauer unstrittig der Fall sein.

Ich muss ergänzend dazu noch sagen, dass derartige Datenbanken in Deutschland zurzeit nur in geringer Zahl existieren. Die Größe der insgesamt gespeicherten DNA-Datensätze jedoch liegt im siebenstelligen Bereich, was einerseits für unsere Ermittlungstätigkeit von Bedeutung sein dürfte, andererseits die Wahrscheinlichkeit eines Treffers deutlich erhöht. Es muss also nicht jemand erst straffällig geworden sein, um in eine DNA-Datenbank zu gelangen.

Weitere Informationen über den Zugriff auf diese nicht behördlichen DNA-Datenbanken können Sie gern und jederzeit über meine Abteilung anfordern.

Ich hoffe, ich habe Ihnen einige Anregungen und Denkanstöße mit auf den Weg geben können, um den Fall Anna-Lena Bauer hier und da vielleicht aus einer anderen Perspektive zu betrachten und Ihre Ermittlungsansätze gegebenenfalls neu auszurichten. Ich danke Ihnen für Ihre Aufmerksamkeit!"

Die Anwesenden waren von den Ausführungen des Kriminologen sehr angetan, und offensichtlich war es ihm gelungen, sie zu motivieren, die Ermittlungen im Fall Anna-Lena Bauer nochmals zu intensivieren.

Alex Subitz – unberechenbar oder normal?

Eva Kellermann war seit vielen Jahren als Psychotherapeutin mit dem Schwerpunkt Traumabewältigung tätig. Aber noch nie hatte sie sich in Anwesenheit eines Klienten derart unwohl gefühlt, wie sie es seit den vergangenen Gesprächen mit Alex Subitz erlebte.

Es war für sie eine völlig neue Erfahrung, mit jemandem therapeutische Sitzungen abzuhalten, der ihr permanent ein Gefühl gab, unterlegen und ausgeliefert zu sein. Die Rollen waren vertauscht. Eva Kellermann fühlte sich mehr und mehr in die Defensive gedrängt. Aber warum war das so, dass Alex Subitz es offensichtlich schaffte, eine gestandene Analytikerin der menschlichen Seele so aus dem Gleichgewicht zu bringen?

Je mehr sie darüber nachdachte, desto schwieriger erschien es ihr, eine plausible Erklärung dafür zu finden. Was machte diesen Mann nur so unheimlich, unberechenbar und angsteinflößend, obwohl er sich im Grunde genommen weitestgehend normal verhielt?

Nur: Was war schon normal?

Als Alex Subitz sich vor einigen Monaten in ihrer Praxis vorgestellt hatte, war von all dem nichts zu spüren gewesen. Er wirkte vielleicht etwas zurückhaltend und schüchtern, eher unauffällig und angepasst, also nicht gerade vor Selbstbewusstsein strotzend. Er machte auf sie eher den Eindruck, als hätte er professionelle Hilfe nötiger als vergleichbare Klienten.

Subitz schien in seinem Leben an einem Punkt angelangt zu sein, an dem er allein einfach nichts mehr im Griff zu haben schien. Als würde ihm etwas unweigerlich aus den Händen gleiten. Was hatte nur dazu geführt, dass dieser erfolgreiche Finanzexperte und Vater von zwei Töchtern, in einer glücklichen Ehe lebend, nun im Alltag einfach nicht mehr zurechtkam?

Was war da passiert?

Eva Kellermann fand keine plausible Erklärung dafür. Auch nicht, nachdem sie ihre Aufzeichnungen zu den Sitzungen mit Alex Subitz zum wiederholten Male durchgearbeitet und sorgfältig nach entsprechenden Hinweisen gesucht hatte.

Was hatte sie übersehen? Vielleicht war es etwas ganz Banales; etwa eine scheinbar belanglose Äußerung oder ein Halbsatz, der den wahren Grund für den psychisch labilen Zustand ihres Klienten leicht erklären könnte?

So sehr sie sich auch bemühte; sie fand einfach keinen plausiblen Grund, der die offenkundige Persönlichkeitsstörung zweifelsfrei bestätigen konnte, unter der Alex Subitz immer stärker zu leiden schien.

Eva Kellermann griff kurzentschlossen zum Telefon, um einen Bekannten um Hilfe zu bitten.

Der Teilnehmer, den sie anwählte, befand sich im Polizeipräsidium der niedersächsischen Landeshauptstadt.

Als Eva Kellermann die vertraute Stimme am anderen Ende der Leitung hörte, fühlte sie sich augenblicklich mit ihrem Problem nicht mehr so ganz alleingelassen.

Sie hoffte inständig, ihr Bekannter würde ihr bei der Bemühung weiterhelfen können, mehr über Alex Subitz zu erfahren. Sie wollte unter allen Umständen herausfinden, wer dieser Mensch in Wirklichkeit war, der ihr alle zwei Wochen gegenübersaß und von dem sie einfach zu wenig wusste, um ihn richtig einschätzen zu können.

„Hubert, hier ist Eva. Ich brauche Deine Hilfe. Hast Du einen Augenblick Zeit für mich?"

„Hallo Eva, für Dich habe ich immer Zeit. Wie geht es Dir, und wie kann ich Dir helfen?

Hubert Kleinschmidt hatte Eva Kellermann vor einigen Jahren in einer Veranstaltung der Polizei-Führungsakademie kennengelernt und seither immer wieder mit ihr Kontakt gehabt. Meist ging es dabei um Polizeibeamte, die nach traumatisierenden Einsätzen dringend psychologische Betreuung nötig hatten.

Eva Kellermann hätte nie geglaubt, dass sie einmal selbst, in eigener Sache, um Hilfe bitten würde oder müsste. Aber wer konnte ihr weiterhelfen, wenn nicht Kleinschmidt, ein erfahrener und engagierter Sozialbetreuer und Psychologe, der für mehr als tausend niedersächsische Polizisten zuständig war.

Eva Kellermann begann ohne Umschweife ihr Anliegen zu schildern.

„Hubert, es geht um einen meiner Klienten. Er ist seit einigen Monaten bei mir in Behandlung und bereitet mir langsam ernsthaft Sorgen. Nach meiner Einschätzung leidet er an einer manifestierten Persönlichkeitsstörung, die sich überwiegend durch psychosomatische Beschwerden äußert, wie etwa Schlafstörungen, Angstträume, Verfolgungsfantasien und Verlustängste, die sich in den vergangenen Wochen kontinuierlich und markant verstärkten."

„Und wie kann ich Dir da weiterhelfen?", unterbrach Kleinschmidt seine Bekannte.

„Das ist doch ein typisches Beschwerdebild bei Persönlichkeitsstörungen, was Du da über Deinen Klienten berichtest. Das ist doch nichts, was Dir Sorgen bereiten sollte", ergänzte Kleinschmidt.

„Ja, da hast Du absolut recht, Hubert. Darum geht es im Grunde genommen auch gar nicht. Es geht vielmehr um die Tatsache, dass ich Veränderungen in seinem Verhalten registriere, die mir ernsthaft zu schaffen machen."

„Und wie macht sich das bemerkbar? Eva, was meinst Du genau damit?", hakte Kleinschmidt nach.

„Nun, dieser Klient bringt es tatsächlich fertig, mir bewusst oder auch unbeabsichtigt Angst zu machen. Er ist mir unheimlich und strahlt durch sein Auftreten eine Dominanz aus, die mich während der Sitzungen über weite Strecken klein und wehrlos, ohne jegliche Chance der Gegenwehr erscheinen lässt. Ich büße da meine Souveränität ein. Verstehst Du, was ich für ein Problem habe?"

„Ich kann zumindest erahnen, was es für Dich bedeutet, unter solchen Vorzeichen eine Sitzung mit diesem Klienten zu leiten," erwiderte Kleinschmidt.

„Hubert, es ist diese unausgesprochene Macht und das permanente Gefühl, jemandem gegenüber zu sitzen, der jeden Augenblick seine aufgestauten Aggressionen an mir abreagieren könnte. So etwas ist mir in meinem ganzen Berufsleben noch nicht widerfahren."

„Und wie könnte meine Hilfe oder mein Rat in diesem Fall denn aussehen?" Kleinschmidt wollte von seiner

Bekannten nun konkret wissen, was sie sich von ihm erwartete.

Es wurde für einige Sekunden still. Die Psychologin nahm allen Mut zusammen, um ihrem Bekannten um einen Gefallen zu bitten, der ihm im Dienst unter Umständen einigen Ärger bereiten würde.

„Hubert, ich weiß, dass Du über die entsprechenden Möglichkeiten verfügst, um an personenbezogene Daten heranzukommen. Kannst Du in Erfahrung bringen, ob mein Klient bereits einschlägig vorbestraft ist und insbesondere wegen Gewaltdelikten in Erscheinung getreten ist? Ich weiß, dass ich Dich mit dieser Bitte möglicherweise in Schwierigkeiten bringen kann. Aber ich verspreche Dir, diese Auskünfte streng vertraulich zu behandeln und niemandem, aber wirklich gar niemandem, weitergeben werde."

Eva Kellermann war auf die Reaktion ihres Bekannten gespannt. Würde er so weit gehen und unter Umständen ein Disziplinarverfahren riskieren, nur um ihr mehr Klarheit über die Person Alex Subitz zu verschaffen?

„Eva, Dir ist aber schon bewusst, was Du da von mir verlangst?", antwortete Kleinschmidt auf ihr Ansinnen.

„Ja, dessen bin ich mir voll und ganz bewusst. Hubert, ich weiß, dass ich Dich damit in einen Interessenkonflikt bringe", versicherte sie. Ihr war natürlich klar, dass er nun offiziell als Polizeiangehöriger entscheiden und handeln musste.

„Aber vielleicht gibt es ja eine Möglichkeit, relativ risikofrei und sozusagen halb offiziell an entsprechende Informationen zu gelangen. Hubert, Du sitzt ja sozusagen an der richtigen Quelle", legte Eva Kellermann vorsichtig nach.

„Okay, Eva, ich werde mein Möglichstes tun und Dich über das Ergebnis unterrichten. Vorausgesetzt natürlich, Du gibst mir entsprechende Daten zu Deinem Klienten. Dazu gehört der vollständige Name, die aktuelle Anschrift und was Du sonst noch über ihn hast, was für meine Recherche wichtig sein könnte."

Eva Kellermann atmete hörbar auf.

„Hubert, ich bin Dir zu großem Dank verpflichtet und weiß es ungemein zu schätzen, was Du da für mich tust. Die Daten schicke ich Dir gleich in Dein Büro."

Als Dank für seine Bemühungen lud Eva Kellermann ihren Bekannten zu einem Abendessen ein. Trotz sehr ambivalenter Gefühle konnte Kleinschmidt seine Freude über ein Wiedersehen nicht ganz verbergen.

Abflug ins Urlaubsparadies

„Mein Liebes, wir werden auf den Malediven einen supertollen Urlaub verbringen, da bin ich mir sicher."

Alex wirkte so glücklich und zufrieden wie schon lange nicht mehr. Diesen Tag hatte er seit Wochen herbeigesehnt – endlich ganz weit weg zu sein, wo ihn niemand erreichen konnte.

In letzter Zeit war der Wunsch danach immer drängender geworden. Alex Subitz befand sich nun in einer Art Fluchtmodus.

Mit seinen Gedanken war er nicht mehr bei irgendwelchen Besprechungen, wo es um Vertragsabschlüsse und horrende Geldbeträge ging. Innerlich hatte er sich schon längst in den Urlaub verabschiedet. Dieses Mal empfand er es als dringend notwendig, dem Alltag zu entkommen. Viel zu viel hatte ihn in den letzten Monaten belastet, ohne dass er dafür einen konkreten Grund nennen konnte oder wollte. Und jetzt war es doch wieder so weit, dass er sich gedankenverloren an einem Ort wiederfand, an dem er sich eigentlich nur ausruhen wollte.

Er hatte sich keine Sorgen mehr machen und vor allem seine Ängste loswerden wollen, die ihn permanent belasteten. Aber wenn es schon nicht die Angstattacken waren, die ihn immer öfter heimsuchten, so waren es die Erinnerungen an den schicksalhaften Tag, an dem diese junge Anhalterin in sein Auto gestiegen war.

Das alles hatte er wieder ganz deutlich vor Augen.

Dieser 7. November 1985 hatte sich tief in sein Gedächtnis eingebrannt. Die Erinnerung und die ständigen

Gedanken an diesen Tag sollten ihn für den Rest seines Lebens verfolgen, egal wohin er sich begab.

Ob am Tage oder in der Nacht, im Kino oder zuhause, beim Fernsehen oder beim Spielen mit den Kindern. Er wurde diese Bilder in seinem Kopf einfach nicht mehr los. Bei jeder Gelegenheit meldete sich sein Gewissen, das ihm sagte:

„Du hast ein Menschenleben ausgelöscht!

Du bist ein Mörder!"

Seine Strategie des Verdrängens und Vergessens half ihm schon lange nicht mehr weiter. Und erst recht nicht, sich gebetsmühlenartig einzureden, im Grunde genommen ein ganz normaler Mensch zu sein, jemand, der für seine Familie sorgte und immer für sie da war, wenn er gebraucht wurde.

Dass er sich als erfolgreicher Finanzexperte in den vergangenen drei Jahrzehnten einen Namen gemacht hatte, darauf war er natürlich besonders stolz; und das trug ihn in gewisser Weise auch – aber wie lange noch?

Die Schuld, die er auf sich geladen hatte, blieb sein großes Geheimnis. Er konnte es mit niemandem teilen, ohne zu riskieren, dadurch seine Freiheit für immer zu verlieren. Dieser Gedanke wurde ihm von Tag zu Tag bewusster.

All diesen Zuständen zum Trotz würde er in den zehn Flugstunden, die nun vor ihm lagen, erneut versuchen, seinen Kopf von diesen Überlegungen freizubekommen.

Er redete sich ein, dass auf ihn und seine Familie, achttausend Kilometer entfernt, die pure Erholung wartete.

Völliges Abschalten, nichts, das ihn bedrückte und belastete oder an irgendetwas Unerfreuliches erinnerte.

In den kommenden dreieinhalb Wochen würde er mit seinen Lieben im Paradies leben; sie würden es sich von morgens bis abends nur gut gehen lassen und den großen Schalter einfach umlegen.

Aber es war nur eine Wunschvorstellung; auch dies redete er sich wohl nur ein, wie so vieles, was er in seinem Leben einfach nicht wahrhaben wollte.

Katharina lehnte sich ganz fest an Alex´ Schulter und schloss dabei ihre Augen.

„Mein lieber Alex, ich freue mich sehr auf diese Zeit mit Dir und den Kindern, und ich bin schon gespannt, was uns dort alles erwartet. Dass Du uns so etwas Schönes ermöglichst, ist einfach wunderbar. Ich danke Dir von Herzen für dieses Geschenk, das Du uns da machst!"

Wenige Sekunden später beschleunigte der Ferienflieger mit der Flugnummer KLX9988 auf der Startbahn 09/27 in Richtung Südosten. Sie entfernten sich mit steigender Geschwindigkeit vom Flughafen der niedersächsischen Landeshauptstadt.

„Wir fahren los! Mama, wir fliegen jetzt los! rief ihre Tochter Beatrice ihr zu. Lea schaute währenddessen aus dem Fenster und sah, dass sich alles immer schneller an ihr vorbeibewegte. Alex und Katharina freuten sich darüber, wie begeistert und aufgeregt ihre Töchter waren.

Es sollte der letzte Urlaub sein, den sie gemeinsam verbringen würden.

Wo ein Wille ist…

Kriminalhauptkommissar Hinrichs war sichtlich darüber verärgert, dass er nicht selbst darauf gekommen war, die sogenannten nichtbehördlichen DNA-Datenbanken in die Ermittlungen einzubeziehen.

Darauf hatte ihn erst der Kriminologe und Profiler Dr. Schuster bringen müssen. Selbst Kriminalrat Beckstein, hatte diese Option nicht einmal erwähnt, geschweige denn überhaupt in Betracht gezogen. Auch wenn diese gesetzliche Neuerung vor kurzem in Kraft getreten war, hätte eine solche Möglichkeit der Informationsgewinnung zur Aufklärung eines Verbrechens schon frühzeitig in die Ermittlungsstrategien einfließen müssen. Hinrichs war klar, dadurch unter Umständen wertvolle Zeit verloren zu haben. Er verfügte nun über alle erforderlichen Informationen, die ihm ohne Schwierigkeiten innerhalb kürzester Zeit den Zugriff auf externe Datenbanken ermöglichen sollten.

Insgesamt konnten in Deutschland 14 nichtbehördliche Datenbanken ausfindig gemacht werden. Die Betreiber wurden umgehend schriftlich vom Landeskriminalamt Hannover aufgefordert, sämtliche Datensätze zur Verfügung zu stellen.

Die juristische Fachabteilung des LKA hatte die erforderlichen rechtlichen Voraussetzungen herausgearbeitet und dem Anforderungsschreiben beigefügt.

Alle Firmenleitungen, bis auf eine, sagten innerhalb von wenigen Tagen ihre uneingeschränkte Kooperationsbereitschaft zu. Eine Besitzerin weigerte sich allerdings, auch nur einen einzigen Datensatz an die Behörden auszuhändigen. Und dabei handelte es sich um die wohl größte DNA-Datenbank in der Privatwirtschaft, wie Hinrichs dem Portfolio des in Hamburg ansässigen Unternehmens entnehmen konnte. Es trug den vielversprechenden Namen Life-DNA-Company.

Schon auf dem Weg zur Chefetage wurde Hinrichs klar, diese Geschäftsidee musste ein durchaus gewinnbringender Verkaufsschlager sein.

Im Eingangsfoyer der Life-DNA-Company wurden potentielle Kunden von einer freundlichen Mitarbeiterin begrüßt. Hinrichs registrierte vom ersten Augenblick an die angenehme Atmosphäre dieses mittleren Unternehmens im Herzen der Elbmetropole.

Ein pfiffiger Werbe-Slogan prangte unübersehbar in Augenhöhe an der Wand:

„Wenn Sie mehr über sich und Ihre Vorfahren wissen wollen, sind Sie bei uns genau richtig!

Wir sind für Sie da – Diskret! Zuverlässig! Individuell!"

Das konnte zukünftige Kunden zweifellos neugierig machen auf eine umfangreiche Analyse seines Erbgutes.

Hinrichs war auf die Minute pünktlich und wurde von der Geschäftsführerin Christina Sonnemann höflich, wenn auch mit einer gewissen Distanz empfangen.

So stellte er sich innerlich schon darauf ein, dass das vor ihm liegende Gespräch sich nicht ganz einfach gestalten würde.

„Herr Hinrichs, was kann ich für Sie tun? Was führt Sie zu uns?"

„Nun Frau Sonnemann, wie Sie ja bereits wissen, ermitteln wir vom Landeskriminalamt Hannover in einem länger zurückliegenden Mordfall. Es geht hierbei um den Tod einer 17-jährigen Anhalterin", begann Hinrichs.

Die Dame mit dem freundlichen Namen Sonnemann hörte ihm sehr genau zu; ihr Blick wanderte dabei wiederholt zu einem Schriftstück – es musste das Anforderungsschreiben des LKA Hannover sein, denn das Landeswappen auf dem Briefkopf wies das Schriftstück klar als Behördenpost aus.

Nachdem Hinrichs den Grund seines Besuches und sein Anliegen geschildert hatte, fiel ihm auf, wie sich die Körpersprache der Geschäftsführerin änderte und sie kaum merklich eine Abwehrhaltung einnahm. Sie lehnte sich in ihrem Bürostuhl zurück und verschränkte dabei demonstrativ ihre Arme. Hinrichs ahnte, dass der Dialog nun übergangslos in die Konfrontationsphase wechseln würde.

„Habe ich Sie richtig verstanden, Herr Hinrichs? Sie wollen allen Ernstes für Ihre Ermittlungen auf unsere umfangreiche Datenbank zugreifen, um durch einen DNA-Treffer einen Mörder ausfindig zu machen?"

Der vorwurfsvolle Unterton dieser Frage war unüberhörbar. Die Geschäftsführerin schien Haare auf den Zähnen zu haben; Hinrichs stellte sich das bildlich vor und musste insgeheim ein Grinsen unterdrücken. Sie verteidigte den Firmenbesitz, ohne auch nur einen Millimeter Entgegenkommen zu signalisieren.

„Ja, genau das ist der Grund meines Besuchs.

Ich möchte Sie bitten, dem Landeskriminalamt Hannover Ihre DNA-Datenbank mit allen gespeicherten Datensätzen zu Ermittlungszwecken kurzfristig zur Verfügung zu stellen!" Die Art, in der Hinrichs sein Anliegen formuliert hatte, schien die Geschäftsführerin Sonnenmann zu provozieren.

Sie schaute Hinrichs mitleidig an, gerade so, als ob sie damit sagen wollte: „Ja geht's denn noch? Sonst haben Sie aber keine Probleme?" Sie musterte ihren Besucher mit einem fast schon abfällig wirkenden Blick und versuchte offensichtlich, dadurch etwas Zeit für eine Antwort zu gewinnen.

„Schauen Sie, Herr Hinrichs. Wissen Sie eigentlich wovon die Life-DNA-Company an allererster Stelle lebt?"

„Sie werden es mir sicherlich gleich verraten", konterte Hinrichs. Er hasste diese Art von Rate- und Antwortstrategie. Das glich einem Katze- und Maussspiel, bei dem einer der Beteiligten von vorn herein zum Deppen gemacht wurde. Und so etwas brachte keinen der Beteiligten in der Sache wirklich voran.

„Herr Hinrichs, es ist unsere Unternehmensphilosophie unseren Kunden absolute Vertraulichkeit und hundertprozentigen Datenschutz zuzusichern. Wir garantieren unseren Kunden, dass wir mit ihren Daten und der uns überlassenen DNA-Probe nur ein Ziel verfolgen:

den Auftrag des Kunden zu erfüllen, eben unter Wahrung höchster Vertraulichkeit.

Der Auftraggeber vertraut darauf, dass wir weder seine persönlichen Daten, noch die dazugehörigen DNA-Schlüssel in andere Hände weitergeben und dass diese schon gar nicht unser Haus verlassen. Wenn wir anders agieren würden, könnten wir gleich einpacken und die Company schließen.

Sie würden doch auch nicht wollen, dass man Ihre Personalakte an irgendjemanden weiterreicht, der einfach mal so wissen will, was sich im Laufe Ihres Berufslebens so alles angesammelt hat, oder?"

Hinrichs überkam das Gefühl, als dummer Bittsteller angereist zu sein, der sich auch noch unsachliche Äußrerungen in einem belehrenden Ton anhören musste.

Er mutmaßte, die Geschäftsführerin hatte sich ganz offensichtlich über die aktuelle Rechtsprechung nicht ausreichend informiert.

Also waren ihr die Konsequenzen ganz offensichtlich nicht bewusst, die eine Verweigerung der Hergabe von Datenmaterial nach sich ziehen würden.

Seine Gesprächspartnerin konnte sich nicht einmal ansatzweise vorstellen, dass ihre ablehnende Haltung in letzter Konsequenz auch gravierende wirtschaftliche Folgen für die Company nach sich ziehen konnte.

Christina Sonnemann war davon überzeugt, niemand würde einen rechtlichen Anspruch auf die Herausgabe der Datensätze begründen können. Aber warum war sie sich da so sicher?

„Damit Sie einmal eine Vorstellung davon bekommen, von welcher Größenordnung an Datensätzen wir hier reden, nenne ich Ihnen zur Verdeutlichung einige wenige Zahlen."

Hinrichs hatte Mühe der Geschäftsführerin so viel Redezeit einzuräumen, zumal die rechtlichen Voraussetzungen für sein Anliegen ja eindeutig geklärt waren. Dennoch ließ Hinrichs sie gewähren und hörte ihr weiterhin aufmerksam zu.

„Also, wir verfügen über fünf Großrechner, auf denen sich mehr als dreieinhalb Millionen verschlüsselte Datensätze befinden. Ja, dreieinhalb Millionen!", wiederholte sie sich in diesem belehrenden und arrogant anmutenden Tonfall.

„Sie haben richtig gehört."

Hinrichs spürte in sich Unmut aufkommen. Seine Gesprächspartnerin überschritt mit ihrer überheblichen Art allmählich seine Toleranzgrenze.

Und noch einmal wiederholte sie sich:

„Wir verwalten täglich dreieinhalb Millionen Datensätze, von genauso vielen Kunden, mit den dazugehörigen, teilweise sehr umfangreichen persönlichen Daten.

Unsere Server werden von einem Team hochspezialisierter IT-Experten rund um die Uhr betreut. Allein diesen administrativen Aufwand lassen wir uns jährlich einen zweistelligen Millionenbetrag kosten."

Hinrichs war es nicht gewohnt, auf solche Weise belehrt zu werden, schon gar nicht von einer Frau. Der Sache zuliebe war er bemüht, diplomatisch zu bleiben.

„Liebe Frau Sonnemann. Das ist schon beachtlich, was Sie in dieses Unternehmen finanziell wie auch logistisch investiert haben", erwiderte Hinrichs.

„Alle Achtung. Das ist wirklich sehr beeindruckend", fuhr er fort. Es reizte ihn geradezu, die Geschäftsführerin mit einem leicht ironischen Unterton auf den Boden der Tatsachen zurückzuholen.

„Ich darf Sie jedoch daran erinnern, dass wir mittlerweile eine eindeutige Rechtslage haben, was die Überlassung dieser Daten zu reinen Ermittlungszwecken angeht. Wenn Sie die Anforderungen meiner Behörde aufmerksamer gelesen hätten, wäre Ihnen nicht entgangen, dass wir nach der neuesten Datenschutzverordnung berechtigt sind, den gesamten Datenbestand der Life-DNA-Company zu beschlagnahmen, sofern Sie ihn nicht freiwillig herausgeben. Dazu reicht ein Anruf bei der örtlichen Staatsanwaltschaft. Bitte ersparen Sie uns diese Variante, denn sie hätte unweigerlich eine vorübergehende Betriebsschließung von mehreren Tagen zur Folge", fügte Hinrichs ergänzend hinzu, um den Druck auf die Geschäftsführerin zu erhöhen.

Christiane Sonnemann fehlten die Worte.

Ihr schienen plötzlich die Argumente ausgegangen zu sein. Das Reizwort „Betriebsschließung" hatte sie offensichtlich aus ihrem Konzept gebracht und zum Nachdenken veranlasst. Hinrichs hatte den Eindruck, dass es heftig in ihr arbeitete.

„Wenn Sie mich bitte für einen Augenblick entschuldigen würden. Ich muss dringend telefonieren. Ich stehe Ihnen aber gleich wieder zur Verfügung".

Hinrichs wartete geduldig die Rückkehr der Geschäftsführerin ab.

Nach wenigen Minuten erschien sie in Begleitung des Hausjuristen der Life-DNA-Company.

„Guten Tag Herr Hinrichs. Stephan Himmelsdörffler mein Name. Ich bin der verantwortliche Jurist der Life-DNA-Company. Frau Sonnemann hatte mich gerade über den Grund Ihres Besuchs informiert. Es gab da wohl einige kleine Differenzen, die den Austausch von sensiblen Daten unseres Hauses betreffen.

Das konnten wir intern schnell klären. Wir sehen natürlich keinerlei Probleme darin, für Ihre Ermittlungen das gewünschte Material im vollen Umfange und selbstverständlich auch kurzfristig zur Verfügung zu stellen.

Unser Haus ist doch auch ernsthaft an der Aufklärung eines so schrecklichen Verbrechens interessiert. Dessen können Sie sich absolut sicher sein. Ich werde daher unsere EDV-Abteilung anweisen, Ihnen die erforderlichen Zugangsdaten und Berechtigungen für sämtliche Server unserer Company zukommen zu lassen. Und falls Sie noch weitere Fragen dazu haben sollten, wenden Sie sich bitte weiterhin vertrauensvoll an unsere Geschäftsführerin, Frau Sonnemann."

Hinrichs war innerlich schon darauf eingestellt gewesen, auf Widerstand zu stoßen und sich weiterhin erklären zu müssen, um sein Ziel zu erreichen.

So überraschte es ihn umso mehr, dass ihm der Hausjurist nun völlig unbürokratisch alle Türen und Tore öffnete und ankündigte, die erforderlichen Daten zur Verfügung zu stellen.

Hinrichs bedankte sich bei Himmelsdörffler für die unkomplizierte Herangehensweise in dieser Angelegenheit. Er verabschiedete sich mit einem guten Gefühl, begleitet von der Hoffnung, mit dieser Zusage einen wesentlichen Schritt bei der Aufklärung eines Verbrechens vorangekommen zu sein.

Wer ist Alex Subitz?

Eva Kellermann schaute zum wiederholten Male auf die Uhr. Sie hatte am späten Nachmittag schon rechtzeitig ihre Praxis verlassen, um pünktlich im griechischen Restaurant ´Kreta´ am Stadtrand von Hannover-Langenhagen zu sein. Wenn sie eines hasste, dann war es Unpünktlichkeit und Unzuverlässigkeit. Gelegentlich kam es vor, dass sie ihren Klienten erklären musste, was es heißt, einen vereinbarten Termin auch einzuhalten.

Bei ihrem Bekannten allerdings hatte sie in dieser Hinsicht keinerlei Bedenken. Sie war sich sicher, dass er in den nächsten drei Minuten erscheinen würde. Und so war es dann auch.

Schon vom Parkplatz aus sah Eva Kellermann, wie ihr Bekannter zielstrebig ihr Lieblingsrestaurant ansteuerte. Sie spürte, wie angespannt sie war; sie konnte es kaum erwarten zu erfahren, was Hubert Kleinschmidt ihr über die Causa Alex Subitz zu berichten hatte.

„Hallo Eva, wartest Du schon lange?"

Er begrüßte sie mit einer flüchtigen Umarmung und setzte sich ihr gegenüber.

„Ich hätte unser Treffen beinahe absagen müssen, weil wir eine vorgezogene Dienstbesprechung hatten", erklärte sich Kleinschmidt.

„Aber zum Glück hatte unser Abteilungsleiter kurzfristig den Polizeipräsidenten angekündigt bekommen. Und da bin ich natürlich sofort zu Dir losgeeilt."

Eva Kellermann wollte gerade antworten, als die Bedienung erschien. Ihr Bekannter zögerte mit der Getränkebestellung etwas, weil er sich einfach nicht entscheiden konnte. Okay, sagte sich Eva Kellermann, auch du als gestandene Psychotherapeutin musst es lernen, deine Ungeduld und Neugierde im Zaum zu halten.

„Hast Du über Subitz etwas in Erfahrung bringen können?", begann sie ihren Bekannten auszufragen.

Kleinschmidt bequemte sich endlich wiederzugeben, was er herausgefunden hatte:

„Na klar, es ist nicht gerade wenig, was Dein Klient sich in den vergangenen Jahren so alles geleistet hat."

Eva Kellermann hörte ihm aufmerksam zu und vermied es, ihn zu unterbrechen.

„Eva, das Beruhigende vielleicht schon mal vorweg", fuhr er fort.

„Subitz ist nach meinen umfangreichen Recherchen in den polizeilichen Abfragesystemen nicht ein einziges Mal als Gewalttäter in Erscheinung getreten."

Mit verschmitztem Grinsen versuchte Kleinschmidt seine Bekannte zu beruhigen:

„Also, er ist kein Totschläger oder Mörder, der sich in Deine Praxis verirrt hat, ganz gewiss nicht", versicherte er ausdrücklich.

„Und ehrlich gesagt, Eva, es hätte mich schon ein wenig gewundert, wenn ein Bänker im Nadelstreifenanzug als Schläger in Erscheinung getreten wäre. Also, Deine Vermutungen oder Ängste, er könnte Dir gegenüber handgreiflich werden, kannst Du nahezu, und damit meine ich zu 99 Prozent, ausschließen."

Eva Kellermann war erleichtert, über diese Information. Sie hatte demnach wohl einen völlig falschen Eindruck von ihrem Klienten gewonnen.

Ihre Beobachtungen während der Sitzungen hatte sie offenbar völlig falsch gedeutet und ausgelegt.

Kleinschmidt berichtete weiter vom Ergebnis seiner Recherche über Alex Subitz.

„Die Abfragen zu Deinem Klienten ergaben zudem, dass er einige Delikte im Straßenverkehr begangen hatte. Ihm wurde wiederholt ein Fahrverbot ausgesprochen. In den Systemabfragen fand ich dann mehr als ein Dutzend Einträge zu Geschwindigkeitsüberschreitungen, die von Radaranlagen aufgezeichnet worden sind. Mich wundert es schon, dass die Behörde ihm den Führerschein nicht ganz entzogen hat."

Eva Kellermann hatte nicht alles verstanden, was ihr Hubert Kleinschmidt gerade berichtet hatte. Sie war kurzzeitig mit den Gedanken etwas abgeschweift und hatte darüber nachgedacht, was Subitz nun wirklich für ein Mensch war.

Was brachte ihn nur dazu, sich so auffällig während der Sitzungen zu verhalten? Jemand, der sich im Straßenverkehr nicht benehmen kann und zu schnell fährt, weil er teure Autos mag, würde doch nicht so ein Verhalten an den Tag legen, wie sie es bei Subitz aktuell erlebte. Da musste noch etwas anderes sein, mutmaßte die Therapeutin.

„Und jetzt wird es für Dich vielleicht doch interessant, liebe Eva." Kleinschmidt versuchte ihre ganze Aufmerksamkeit zu gewinnen:

„Was die Recherche noch ergeben hat, könnte Deine Befürchtungen oder Mutmaßungen durchaus rechtfertigen und vielleicht bestätigen."

Einen Augenblick hielt Hubert Kleinschmidt inne. Bewusst oder unbewusst steigerte er damit die Spannung.

„Was ich Dir jetzt sage, liebe Eva, ist top-secret. Niemandem darfst Du davon auch nur ein Wort erzählen."

Dieser Hinweis erschien Eva Kellermann überflüssig, und wirkte auf sie fast schon etwas wichtigtuerisch. Schließlich war ihr klar, was sie zu tun und vor allem zu unterlassen hatte.

Unter keinen Umständen wollte sie ihren Bekannten durch eine unbedachte Äußerung in ernsthafte Schwierigkeiten bringen. Das verstand sich von selbst.

„Hubert, Du machst es aber auch richtig spannend. Was hat denn Subitz noch ausgefressen, außer dass er ein passionierter Raser ist, der Gefahr läuft, demnächst aufs Fahrrad umsteigen zu müssen?"

„Gegen Deinen Klienten Subitz laufen Vorermittlungsverfahren wegen Betrugs und der Vorteilsnahme. Auch die Steuerbehörde scheint sich zunehmend für ihn zu interessieren. Aber der Gipfel ist: Ihm steht demnächst ein saftiges Strafverfahren ins Haus, und zwar wegen vorsätzlichen Beraterbetrugs an keinem Geringerem als unserem Stadtkämmerer. Den hat Subitz offensichtlich um nicht weniger als 240.000 Euro betrogen." Kleinschmidt lehnte sich zufrieden zurück.

„Eva, mal ganz ehrlich gesagt. Wenn ich so einen Ärger am Hals hätte wie Dein Klient, dann würde ich aber auch unter solchen psychosomatischen Beschwerden leiden. Logisch fühlt der sich verfolgt und hat das Gefühl abzustürzen, beruflich, im übertragenen Sinne, und überhaupt. Das liegt doch auf der Hand, oder etwa nicht?

Subitz spielt mit seiner beruflichen Karriere und Existenz. Der scheint wohl vergessen zu haben, dass er Frau und Kinder hat, für die er verantwortlich ist."

Kleinschmidt blickte Eva Kellermann fragend an. Es war eine unausgesprochene Aufforderung, nun eine Einschätzung zu seinen Hypothesen abzugeben.

„Hubert, ja, das könnte eine Erklärung dafür sein, warum ihm anscheinend das Wasser bis zum Halse steht und er nun nicht mehr weiß, wie er aus diesem Dilemma heil herauskommen soll. Die Ängste, die er schilderte, passen durchaus zu dem, was Du über ihn in Erfahrung gebracht hast. Das ergibt einen Sinn; das vervollständigt dieses Bild des Subitz, wie ich ihn seit einigen Wochen erlebe. Und es spitzt sich offensichtlich dramatisch zu."

Eva Kellermann bestätigte damit die Schlussfolgerungen ihres Bekannten. Alles fügte sich nun irgendwie zu einem Ganzen und einer logischen Einheit, was das Verhalten von Subitz und seinen derzeitigen psychischen Allgemeinzustand erklärte. Die auffälligen psychosomatischen Reaktionen passten in dieses Gesamtbild.

Hubert Kleinschmidt hatte es offensichtlich geschafft, letzte Zweifel in ihr auszuräumen, ihr die unbegründeten Ängste und Befürchtungen zu nehmen und sie dadurch spürbar zu entlasten.

Er konnte einen Rechercheerfolg verbuchen, den beide bis in die späten Abendstunden bei Rotwein und typisch griechischen Spezialitäten ausgiebig feierten.

LKA Hannover - Einlesen der Datenbanken

Hektische Betriebsamkeit herrschte in der Abteilung Informationstechnik und Kommunikation der kriminaltechnischen Untersuchungsstelle (KTU/IuK) im niedersächsischen Landeskriminalamt.

Schon seit mehreren Tagen wurde die maximale Auslastung des internen EDV-Netzes zeitweise überschritten. Grund dafür war das Auslesen und Abgleichen der nichtbehördlichen DNA-Datenbanken. Dies führte die Infrastruktur der obersten Ermittlungsbehörde schnell an ihre Grenzen.

Der verantwortliche Diplom-Informatiker Ferdinand Baumgartner hatte rechtzeitig und mehrfach darauf hingewiesen, dass dieser Zustand früher oder später eintreten würde. In einer der letzten Dienstbesprechungen hatte er unmissverständlich klargestellt:

„Unsere hausinternen Server, im 24-Stunden-Dauerbetrieb, sind schon jetzt zu 80 Prozent ausgelastet."

Kriminalrat Beckstein war auf partielle Ausfälle des hauseigenen Intranetzes vorbereitet.

„Ein störungsfreier Dienstbetrieb könnte nach seiner Einschätzung ab sofort nicht mehr sichergestellt werden", warnte Baumgartner eindringlich und lehnte jegliche Verantwortung im Falle eines EDV-Blackouts im Landeskriminalamt ab.

„Der Abgleich der externen, nichtbehördlichen Datenbanken hätte ohnehin vor Ort erfolgen müssen.

Dort, wo die Server stehen, hätten wir uns einklinken müssen, statt unser Netz derart zu malträtieren."

Diese Kritik richtete sich nun eindeutig an Kriminal-hauptkommissar Hinrichs.

„Aus rein logistischen Gründen war dies leider nicht möglich," rechtfertigte er sich gegenüber dem Leiter der IT-Abteilung.

„Das haben wir doch ausgiebig diskutiert und uns daher für eine zentrale Abfrage und Auswertung hier im LKA entschieden. Dies ist übrigens von der Behördenleitung ausdrücklich befürwortet und letztlich auch abgesegnet worden."

Hinrichs beendete diesen Disput sichtlich genervt. In einem verschlossenen Umschlag hielt er die Zugangsdaten für eine weitere zu untersuchende Datenbank.

„Hier sind die Anmelde-Daten für die letzte DNA-Datenbank. Mehr haben wir nicht. Versprochen!", versicherte er Baumgartner, der merklich angespannt war.

„Aber erst, wenn die aktuelle Abfrage und der Datenabgleich vollständig beendet sind. Bei der momentanen Auslastung werde ich keine zusätzliche Abfrage ins Netz nehmen," stellte der IT-Experte unmissverständlich klar.

„Und wann wird das voraussichtlich sein?"

„Ich gehe davon aus, dass wir in circa drei Stunden wieder über einen freien Zugang verfügen werden. Ich muss den Rechner ohnehin noch vorbereiten und die Abgleichsoftware installieren."

Baumgartner erledigte nebenbei diverse Kontrollaufgaben und tätigte an verschiedenen Terminals kurze Eingaben, während er sich mit Hinrichs unterhielt.

Diese Art von Multitasking war typisch für den Chef der IT-Abteilung. Jeder, der irgendwann mit ihm zu tun bekam, merkte, dass der Chef-Informatiker anderen gegenüber die ungeteilte Aufmerksamkeit vermissen ließ.

„Ist das die Datenbank von gestern?", erkundigte sich Baumgartner, während er das Kuvert übertrieben vorsichtig öffnete, als würde es etwas Geheimnisvolles oder gar Empfindliches enthalten.

Hinrichs hatte Kriminalrat Beckstein von der Begegnung mit dem hausinternen Juristen der Life-DNA-Company berichtet, und auch darüber, wie schnell er die Zusage erhalten hatte, um Millionen von Datensätzen abgleichen zu können. Hinrichs war verwundert, wie schnell sich das im LKA herumgesprochen hatte. Der Flurfunk in seiner Behörde schien also weiterhin gut zu funktionieren.

„Ja, die ist von meinem gestrigen Besuch in Hamburg. Den Zugangscode mit den Adressen haben sie uns innerhalb von 12 Stunden per Expressboten zukommen lassen. Das ging wirklich fix, ganz unkompliziert. Man muss an entsprechender Stelle halt nur etwas nachhelfen, dann ist fast alles möglich."

Hinrichs hatte sich diese Bemerkung einfach nicht verkneifen können und wollte damit auch signalisieren, dass die Vernehmungs- und Befragungstaktik durchaus zu seinen Stärken gehörte. Baumgartner quittierte dies mit Respekt.

Was Hinrichs in diesem Zusammenhang allerdings nicht erwähnte: Der Datenabgleich mit allen Servern der Life-DNA-Company würde hochgerechnet 48 Stunden in Anspruch nehmen. Vorausgesetzt natürlich, dass die

Datenverbindungen stabil laufen und es zu keinerlei Unterbrechungen kommen würde.

Hinrichs war klar, dass es sich hier um die größte nichtbehördliche DNA-Datenbank handelte, die sie jemals im Zusammenhang mit der Aufklärung eines Verbrechens zu untersuchen hatten. Und ihm war bewusst, dass es eine Art Joker war, den er da ins Spiel brachte.

Unweigerlich drängte sich ihm das Bild des letzten Schusses im Magazin auf, den er noch abfeuern konnte, um etwas zu seinen Gunsten zu entscheiden – etwas, das er unter keinen Umständen vermasseln durfte. Für ihn stand absolut fest, dass er damit ins Schwarze treffen musste. Mit Niederlagen umzugehen, das war ihm in seiner bisherigen beruflichen Laufbahn nie leichtgefallen.

Er wusste aber auch, dass er auf das Ergebnis der Datenauswertung der Life-DNA-Company überhaupt keinen Einfluss hatte. Trotzdem würde ein Treffer – oder Nicht-Treffer-Ergebnis – mehr oder weniger auch über seine weitere Karriere im LKA Niedersachsen entscheidend sein.

Hinrichs zwang sich, solche Gedanken zu verwerfen und eilte zu einem bereits überfälligen Besprechungstermin beim Leiter der Cold-Case-Unit Anna-Lena.

Letzter Fahndungsaufruf für Anna-Lena

Paul Beckstein schaute in den Spiegel. In den vergangenen zwanzig Minuten hatte eine Maskenbildnerin den 58-jährigen Kriminalisten mit Puder und Spray bearbeitet und ihm ein mindestens zehn Jahre jüngeres Aussehen verliehen.

Sein unmittelbar bevorstehender Auftritt in der Fernsehsendung „Aktenzeichen XY ungelöst" war sehr kurzfristig zustande gekommen. Die Produktionsleitung des ZDF hatte beim Präsidenten des LKA angefragt, ob seine Behörde bereit wäre, in einem fünfminütigen Beitrag einen aktuellen Fall vorzutragen. Für Beckstein kam diese Anfrage genau zum richtigen Zeitpunkt. Er erklärte sich bereit, einen Fahndungsaufruf im Mordfall Anna-Lena Bauer an die Fernsehzuschauer zu richten.

Becksteins Blick verweilte einige Augenblicke auf seinen Notizen. Auf einem DIN-A 4 Blatt standen einige Fragen und Anmerkungen; es war das Ergebnis einer Besprechung mit den engsten Mitarbeitern der Cold-Case Unit. Der Kriminalrat hatte bereits in den frühen Morgenstunden eine Art Krisensitzung einberufen. Als Ergebnis hatte er nun seine Fragen, mit den entsprechenden Erklärungen vor sich liegen. Sollten sie für die Aufklärung eines so lang zurückliegenden Verbrechens ausreichen?

„Herr Beckstein, noch 120 Sekunden bis zu Ihrem Auftritt. Wenn Sie mir bitte folgen würden."

Eine junge Mitarbeiterin aus der Regie führte den Kriminalrat durch schier endlos lange Gänge der Sendeanstalt am Mainzer Lerchenberg. Für einen Augenblick erinnerte ihn diese Situation an einen Fernsehstar, den ein jubelndes Publikum voll Spannung erwartete. Eine absurde Vorstellung, stellte Beckstein fest. Was das Gehirn in bestimmten Momenten im Stande ist, an verqueren Gedanken zu produzieren, verwunderte ihn.

Nur noch wenige Meter bis zum Studio, und exakt 50 Sekunden waren es noch, bevor die Regieassistentin ihm das Handzeichen für den Beginn seines Auftritts gab. Die Anmoderation zum Mordfall Anna-Lena Bauer hatte gerade begonnen.

„Wir kommen nun zu unserem letzten Beitrag in dieser Sendung. Vielleicht können sich die älteren Zuschauer unter Ihnen noch an einen Fahndungsaufruf erinnern, den wir vor mehr als zwei Jahrzehnten ausgestrahlt hatten. Die umfangreichen Ermittlungen ergaben allerdings bis heute nichts wesentlich Neues, was zu einem Durchbruch und zur Aufklärung dieses Falles hätte führen können. Das LKA Hannover bittet daher die Zuschauer nochmals um Ihre geschätzte Aufmerksamkeit und Mithilfe.

Es geht um die brutale Vergewaltigung und anschließende Ermordung einer 17-jährigen Anhalterin. Das Verbrechen ereignete sich im Jahre 1985. In den späten Abendstunden des 7. November hatte die Auszubildende Anna-Lena Bauer nach einem heftigen Streit mit ihrem Freund dessen Wohnung verlassen. Die junge Frau machte sich allein auf den Weg, um ihr Elternhaus im zwei Kilometer entfernten Ort Göttingerode im Landkreis Goslar zu erreichen. Dort ist sie jedoch nie angekommen. Mehr als ein halbes Jahr später wurde sie schließlich in einem nahegelegenen Waldstück von Pilzsammlern tot aufgefunden. In unserem heutigen Fahndungsaufruf bittet Kriminalrat Paul Beckstein, Leiter der Cold-Case-Unit vom LKA Hannover, nochmals um Ihre Unterstützung."

Beim Betreten des Aufnahmestudios wuchs Becksteins Anspannung. Die auf ihn gerichteten Scheinwerfer sorgten für eine zusätzliche Belastung, der er die nächsten fünf Minuten ausgesetzt sein würde. Die Temperatur im Studio betrug immerhin 28 Grad.

„Herr Beckstein, Sie haben vor einigen Monaten die Ermittlungen zu diesem Mordfall wieder aufgenommen. Gibt es neue Ermittlungsansätze oder auch Hinweise zu dem oder den Tätern?"

„Wir haben uns dieses Falles wieder angenommen, weil wir mittlerweile über hochmoderne Analyseverfahren in der Forensik verfügen. Zudem profitieren wir von aktuellen Änderungen in der Rechtsprechung, was die Beschaffung von Beweismitteln in elektronischer Form betrifft. Das scheint, nach jetzigem Ermittlungsstand, durchaus vielversprechend zu sein, ohne Details nennen zu können. Bitte haben Sie hierfür Verständnis."

„Herr Beckstein, welche Fragen haben sich aufgrund der aktuellen Ermittlungen ergeben, die Sie nun an die Zuschauer richten wollen?"

Beckstein warf einen kurzen Blick auf seine Notizen und wandte seinen Blick direkt in die Kamera. Er erreichte an diesem Abend mehr als 5,5 Millionen Zuschauer in Deutschland, Österreich und der Schweiz. Beckstein genügte nur ein einziger und entscheidender

Zuschauer-Hinweis, der zum Mörder von Anna-Lena Bauer führen würde.

„Uns interessiert nach wie vor der Verbleib folgender Gegenstände, die am Tatort nicht gefunden worden sind, beziehungsweise deren Verbleib bis heute nicht geklärt werden konnte", begann Beckstein.

„Da ist zunächst einmal der Personalausweis des Opfers, ausgestellt am 15. Mai 1983 auf den Namen Anna-Lena Christina Bauer und mit dem Geburtsdatum 25. September 1968. Ausstellungsbehörde ist das Bürgermeisteramt in Goslar.

Des Weiteren ungeklärt ist der Verbleib einer circa 35 Zentimeter langen Halskette in 585er Gelbgold mit rundem Anhänger und dem Sternzeichen Waage. Bei dieser Kette handelt es sich um eine Sonderanfertigung der Marke Sunshine. Auf der Vorderseite des Anhängers ist der Name *Anna-Lena* eingraviert. Ein Vergleichsstück konnte durch einen Juwelier nach aufwändigen Recherchen angefertigt werden.

Außerdem ist bis heute der Verbleib eines Armbandes ungeklärt, das Anna-Lena Bauer zum Tatzeitpunkt trug. Es ist eine Anfertigung mit einem Goldgehalt von 333 der bekannten britischen Modefirma Wheellook. Eine auffällige Gravur mit dem Schriftzug *Anna-Lena & Stefan* und dem Datum *10.12.1983*, befindet sich innen, unmittelbar neben dem Verschluss.

Die Ermittlungen haben ergeben, dass das Opfer eine Leder-Handtasche der Marke ORION bei sich trug, die ebenfalls bis heute nicht wieder aufgetaucht ist. Diese Handtasche wurde in den achtziger Jahren in limitierter

Stückzahl hergestellt und überwiegend von Kundinnen im Alter zwischen 18 und 30 Jahren gekauft. Sie besteht aus echtem Leder mit Strassverzierungen, wie es in der Abbildung zu sehen ist.

Wenn jemand über den Verbleib dieser gesuchten Gegenstände Angaben machen kann, bitten wir um Mitteilung an das LKA Hannover unter der Rufnummer 0511-770-493 oder an jede andere Polizeidienststelle. Selbstverständlich wird jeder Hinweis vertraulich behandelt."

Beckstein wandte sich mit einer weiteren Frage an die Zuschauer. Es ging um das vermeintliche Tatfahrzeug.

„Nach aktuellem Ermittlungsstand und aufgrund von Zeugenbeobachtungen ist Anna-Lena Bauer mit hoher Wahrscheinlichkeit in ein Fahrzeug der gehobenen Mittelklasse eingestiegen. Es dürfte sich hierbei um ein dunkles beziehungsweise schwarzes Fahrzeug der Marke Mercedes oder BMW gehandelt haben. Daher die Frage: Wer hat am Tattag, dem 7. November 1985 oder bereits einige Tage davor in Harlingerode, im Bereich der Bushaltestelle *Am Marktplatz,* oder der näheren Umgebung, verdächtige Personen beobachtet? Sie könnten durchaus mit dem Mordfall in Verbindung stehen."

Beckstein übergab das Wort an den Moderator.

„Vielen Dank Herr Beckstein für die Informationen zu den gesuchten Gegenständen und dem Tatfahrzeug in diesem Mordfall.

Wie in der Vergangenheit ja immer wieder geschehen, konnten Verbrechen auch nach Jahrzehnten noch aufgeklärt werden, weil aufgrund von Zuschauerhinweisen der Weg eines tatrelevanten Gegenstandes zurückverfolgt werden konnte. Hoffen wir, Herr Beckstein, dass durch Ihren heutigen Fahndungsaufruf der Mord an Anna-Lena Bauer aufgeklärt werden kann.

Damit, meine verehrten Zuschauer, sind wir am Schluss der heutigen Ausgabe von „Aktenzeichen XY ungelöst" angelangt.

Mit einer Zusammenfassung dieser Sendung und ersten Zuschauerreaktionen melden wir uns dann gegen 23:45 Uhr noch einmal zurück.

Ich danke Ihnen, dass Sie uns zugeschaut haben. Wenn Sie mögen, sehen wir uns in vier Wochen zur gewohnten Zeit hier im ZDF wieder. Wir freuen uns auf Sie, bis dahin. Ihnen noch einen angenehmen Abend."

Kriminalrat Beckstein spürte noch Stunden nach seinem Fernsehauftritt die Anspannung. Es hatte ihn mehr Kraft gekostet, als er sich eingestehen wollte. Er fühlte sich wie ein Hochleistungssportler, der sich bis an seine Grenzen verausgabt hatte.

Er wollte um jeden Preis gewinnen. Es stand einfach zu viel auf dem Spiel. Versagen kam für den erfahrenen Kriminalisten einfach nicht in Frage; ihn hatte das Jagdfieber gepackt.

Einen Mordfall aufgeklärt zu haben oder ihn für immer ungeklärt im Archiv abzulegen, bedeutete für Beckstein auch, sich zwischen zwei Extremen zu bewegen.

Die nächsten Tage sollten zeigen, ob der brutale Mord an Anna-Lena Bauer jemals aufgeklärt werden könnte.

LKA Hannover - Punktlandung

Ferdinand Baumgartner schaute konzentriert auf den Bildschirm. In rasender Geschwindigkeit bewegten sich Zahlenkolonnen mit kryptischen Inhalten vom oberen Bildschirmrand kommend, und verschwanden ebenso schnell. Gelegentlich stoppte der Datenfluss für einige Sekunden, bis er sich dann unvermittelt fortsetzte. Es erinnerte ihn an eine Autobahn, auf der durch einen Stau vorübergehend alles zum Stillstand kam.

Die Datensätze der Life-DNA-Company kamen nahezu mit Lichtgeschwindigkeit aus den etwa 150 Kilometer entfernten Servern und durchliefen als erstes die Firewalls, die elektronischen Brandschutzmauern. Sie sollen Computerviren und Schadsoftware wirkungsvoll daran hindern, die IT-Infrastruktur des Landeskriminalamtes zu sabotieren. Baumgartner sah es als oberstes Gebot, sein IT-Netz mit mehr als 1500 Rechnereinheiten stets sauber zu halten.

Seit er vor fünf Jahren diesen Bereich verantwortlich übernommen hatte, hatte es nicht einen einzigen Störfall gegeben. Und dass es auch weiterhin so bleiben möge, dafür hatte er in mehrfacher Hinsicht Vorsorge getroffen.

Baumgartner hatte für den Abgleich der nichtbehördlichen Datenbanken ein spezielles Softwaretool entwickelt, das automatisch eine Meldung an sein Diensthandy schickte, sobald es einen Treffer bei der Auswertung gab. Diese Routine hatte sich als sehr praktisch erwiesen. Damit war er örtlich weitestgehend unabhängig und musste sich nicht ständig in der Nähe der Auswerteeinrichtungen aufhalten.

Baumgartner verglich die bisher überprüften Datensätze mit den noch ausstehenden. Er stellte fest, dass die Auswertung doch schneller voranging, als er zuvor überschläglich errechnet hatte.

Von den dreieinhalb Millionen zu überprüfenden Datensätzen waren immerhin schon mehr als 1,5 Millionen abgeglichen. Was bisher jedoch ausgeblieben war, das war eine Treffermeldung.

Im Mordfall Anna-Lena Bauer wurden bisher dreizehn nichtbehördliche DNA-Datenbanken ausgewertet.

Baumgartner bemerkte, dass der Abgleichprozess plötzlich zum Stillstand gekommen war. Er wandte sich nochmals dem Ausgabemonitor zu. Mehr als dreißig Sekunden hatte der Datensatzzähler seinen Wert nicht mehr verändert. Die abgebildeten Zahlenkolonnen schienen eingefroren zu sein. Der IT-Experte stand nun vor der Entscheidung, ob er die Auswertung stoppen sollte, um einen Neustart zu initiieren.

Während der bisherigen Auswerteprozedur hatte er einen derart langanhaltenden Stillstand nicht feststellen können. Baumgartner dachte sofort an eine Überlastung der hausinternen Infrastruktur. War etwa der Worst Case eingetreten, vor dem er mehrfach und eindringlich gewarnt hatte?

Der IT-Experte mutmaßte, dass das System mit irgendeinem Prozess zu lang beschäftigt war. Er entschied, die Auswertung neu zu starten, sollte das System nach 60 Sekunden die Überprüfung der noch verbleibenden 1,8 Millionen Datensätze nicht automatisch fortsetzen.

Noch während Baumgartner diesen Betriebszustand schriftlich dokumentierte, poppte auf dem Bildschirm eine Meldung auf:

„Treffer im DNA-Abgleich:
Datensatz-Nummer: 1.800567
Übereinstimmung: 99,9999 Prozent."

Aus Baumgartners Jackentasche tönte durchdringend ein Warnton.

Der entscheidende Hinweis zum dazugehörigen Kundendatensatz der Life-DNA-Company war zweifellos der Name des Auftraggebers: Katharina Subitz.

Unerwarteter Besuch

Isabell hatte es sich auf der Sonnenliege bequem gemacht, nachdem sie in der Villa die Blumen versorgt und nach der Post geschaut hatte.

Seit Katharina und Alex mit den Kindern in den Urlaub geflogen waren, hütete sie deren Anwesen und schaute jeden zweiten Tag für etwa eineinhalb Stunden nach dem Rechten. Es war ein echter Freundschaftsdienst, den sie ihrer Freundin gern erwies. Die vergangenen drei Wochen waren ungewöhnlich schnell vergangen, stellte sie im Nachhinein fest.

Sie verweilte einen kurzen Augenblick in Gedanken an diese Tage und sah dabei einer Amsel zu, wie sie nach etwas Essbarem suchend auf dem frisch gemähten Rasen hin und her hüpfte.

Isabell genoss diese Stille um sie herum und das Privileg, sich in den Vormittagsstunden völlig entspannt den wärmenden Sonnenstrahlen hinzugeben. Es fühlte sich für sie irgendwie unwirklich an, und umso mehr verstand sie es, diese Zeit für sich so angenehm wie möglich zu gestalten. Sie überlegte gar nicht erst lang, ob sie sich noch ein weiteres Glas Rotwein gönnen sollte.

Während sie den Spätburgunder nachfüllte, dachte sie daran, wie es wohl sein mochte, dieses Leben, das Katharina mit ihrem Alex und den beiden Kindern führte.

Sie stellte sich Alex als jemanden vor, der seiner Frau jeden Wunsch von den Lippen ablesen konnte und auch prompt erfüllte.

Er, der stets darum bemüht war, dass es Katharina an nichts fehlte, würde wahrscheinlich einiges auf sich nehmen, damit sie zu ihm aufschaute und ihn für seinen unermüdlichen Einsatz immer und immer wieder lobte.

Das war es wohl, was Alex unbewusst nach außen transportierte: Das Bedürfnis von allen gemocht, anerkannt und geliebt zu werden. Für das, was er gerade tat und für das, was er in der Vergangenheit für seine Familie vollbracht hatte.

Isabell führte ihre Gedankenspiele noch weiter fort. Sie stellte sich vor, was dieses Verhalten bei Katharina wohl bewirkte, wenn sie mit ihren Kindern zu Alex aufschaute und dabei selbst immer mehr an Größe und Bedeutung verlor. Alex wirkte so dominant, dass sie und ihre Töchter wohl unbedeutend erschienen.

Isabell realisierte, dass sie über ihre Gedanken erschrak und verbot sich, so absurd und bizarr über ihre Bekannten zu sinnieren. Aber, überlegte sie selbstkritisch, ist doch nicht stets etwas Wahres daran, wenn die Fantasie gelegentlich mit einem durchgeht?

Für sie war ein derartiger Lebenswandel undenkbar. Sie war eher der unstete Typ, in manchen Dingen etwas konservativ, in anderen eben genau das Gegenteil. Sie konnte von diesem Leben nicht genug bekommen, wollte immer etwas Neues ausprobieren, was andere wiederum als verrückt und abgehoben ansahen. Isabell war die quirlige, die unbändige und die ewig abenteuerlustige Mittdreißigerin.

Als sie ihren Blick auf die Villa richtete, holte sie die Erinnerung an einen Dialog zwischen Katharina und Alex wieder ein. Katharina hatte ihr unter dem Siegel der Verschwiegenheit den Inhalt eines Gespräches anvertraut, dass Alex einige Wochen zuvor mit Katharina beim Abendessen geführt hatte. Alex, so erzählte sie, habe sich dabei in abfälliger Weise über Isabell geäußert. Seine Bemerkungen waren zutiefst verletzend und beleidigend gewesen. Was Isabell zu hören bekam, hatte sie nur entsetzt und sprachlos gemacht. Den O-Ton dieser Äußerungen konnte Isabell einfach nicht vergessen:

„… unsere Freundin Isabell – diese kleine extravagante Schlampe, die sich immer so scheinheilig gibt, aber in Wirklichkeit eine ganz durchtriebene, versaute Schickse ist. Die sich einfach eine Frau nimmt, wenn es ihr in den Sinn kommt. Für Männer scheint sie ja wohl nicht das Geringste übrig zu haben – unsere kleine lesbische Isabell. Dabei würde es ihr doch sicher ganz gut tun von einem Mann einmal so richtig 'rangenommen zu werden. Offensichtlich weiß sie mit ihrer arroganten und zickigen Art so etwas gar nicht zu schätzen. Mit ihrem Eros wäre sie ein richtiges Lustobjekt für manchen Mann, und das weiß sie ganz genau…"

Isabell fühlte sich ungemein verletzt und diskriminiert, als Katharina ihr schilderte, was Alex wirklich über sie dachte. Sie hatte überlegt, ob sie die Freundschaft zu Alex und zu Katharina nicht sofort aufkündigen sollte. Mit diesem Wissen war es für sie schwer vorstellbar, Alex jemals wieder unbefangen gegenüberzutreten. Sie hatte lange damit gehadert, das Für und Wider gegeneinander abgewogen und sich letztlich für die Freundschaft mit Katharina entschieden. Isabell wollte und konnte auf sie einfach nicht verzichten.

Mehr denn je war sie davon überzeugt, dass Alex latent ein gestörtes Verhältnis zu Frauen haben musste.

Sein gelebtes Familienleben, die Art, wie er mit Katharina und seinen Töchtern umging, widersprach sich:

Alex, der treusorgende, liebe und stets verständnisvolle Ehemann und Familienvater, ein Mann, wie ihn sich so manche Schwiegermutter wünschte? Und dann äußerte er sich derartig herabwürdigend über sie? So etwas hätte sie von Alex niemals erwartet.

Isabell pflegte normalerweise keine Vorurteile, gewiss nicht. Aber von diesem Tage an sah sie in Alex etwas Unnahbares, ja Unheimliches. Sie vermutete, dass der Mann ihrer Freundin eine böse Seite in seinem Inneren verborgen hielt. Etwas, das geprägt war von Hass und Abneigung, und vielleicht sogar von Gewalt und Zerstörung. Es war in gewisser Weise auch eine Art von latenter Brutalität, die Alex in sich trug, mutmaßte Isabell. Sie konnte sich dieses Verdachts einfach nicht widersetzen.

In vielen Bereichen ihres Lebens folgte sie ihrer Intuition, dem Bauchgefühl, und natürlich ihrem Herzen. Überwiegend lag sie richtig mit ihrer Einschätzung.

Nach allem, was sie erfahren hatte, waren ihre Assoziationen zu Alex zweifellos negativ; dieses ungute Gefühl ließ sie einfach nicht mehr los.

So veränderte sich die Beziehung von Isabell zu Alex; es bildete sich eine innere Distanz aus. Das Verhältnis war geprägt von Respekt, aber auch von einem tiefen Misstrauen ihm gegenüber.

Isabell hatte es Katharina hoch angerechnet, wie ungeschönt und authentisch sie die Äußerungen ihres Ehemannes wiedergegeben hatte. Dennoch hatte sie zeitweise auch daran gedacht, die Freundschaft zu Katharina auf ein Mindestmaß zurückzufahren. Aber sie hatte sich ganz schnell dagegen entschieden.

In der Vergangenheit hatte Isabell immer wieder festgestellt, dass sie sich irgendwie verantwortlich fühlte für Katharina. Sie nahm die Rolle der großen Schwester ein, die auf sie aufpasste, wenn es denn sein musste.

Unvermittelt fiel Isabell ein, sie hatte noch immer die Urlaubspost von Katharina in ihrer Handtasche. Sie entschloss sich, den Brief noch einmal zu lesen, um zumindest für einige Augenblicke in Gedanken ganz nah bei ihrer Freundin auf den Malediven zu sein.

Hallo liebe Isabell,

diese Zeilen schreibe ich Dir, während Alex mit den Kindern am Strand nach Muscheln sucht. Und nun musst Du ganz tapfer sein, meine Liebe. Was wir hier in den letzten drei Wochen erlebt haben, ist einfach unvorstellbar, kaum zu beschreiben und einmalig schön. Ich weiß gar nicht, womit ich beginnen soll Dir zu berichten, was wir hier alles unternommen und gesehen haben. Angefangen von diesen langen Sandstränden aus feinstem Sand. Dieses blaue Meer mit Wassertemperaturen jenseits von 25 Grad.

Gefühlt gibt es hier unzählige kleine Inseln, wie man sie nur von Urlaubsprospekten her kennt. Wir haben ein halbes Dutzend Tauchgänge unternommen in einer faszinierenden Unterwasserwelt, wie ich es mir in den kühnsten Fantasien nicht hätte vorstellen können. Isabell, es ist einfach unbeschreiblich, was wir hier erleben. Beatrice und Lea sind futsch und weg, sie kommen aus dem Staunen nicht mehr heraus. Sie fühlen sich hier einfach pudelwohl. Und Alex spielt mit ihnen geduldig stundenlang am Strand. Sehr oft gehen wir in Malé, der Hauptstadt der Malediven, shoppen und entdecken immer wieder neue Dinge, die wir zuvor noch nie gesehen haben. Du merkst, ich bin völlig von der Rolle und kann gar nicht aufhören, von unserem Paradies zu schwärmen und zu berichten.

Wir haben sehr viele Fotos gemacht; auch Unterwasseraufnahmen von unseren Tauchgängen sind dabei. Du wirst überrascht sein von den vielen Fischarten, die es hier gibt; so bizarr und einmalig, kaum zu beschreiben, diese Vielfalt. Es gibt hier Korallen mit geschätzt Dutzenden von Farbtönen, eine schöner als die andere. Und wir haben noch so viel vor in den verbleibenden fast zwei Wochen. Mehr als die Hälfte der Zeit haben wir ja leider schon rum. Es kommt mir so vor, als wären wir erst drei Tage hier.

Ich hoffe, ich habe Dein Interesse an diesem Urlaubsort geweckt? Wir haben Dir noch so vieles zu berichten, wenn wir wieder daheim sind.

Ganz viele liebe Urlaubsgrüße aus dem Insel-Paradies der Malediven, bei aktuell 35 Grad – im Schatten!

Sei ganz lieb umarmt von Deiner Katharina samt Alex, Beatrice und Lea

P.S. Wir hoffen, dass bei und mit Dir alles okay ist?!

Isabell überlegte einen Augenblick, ob sie mit ihrer Partnerin einen Strandurlaub planen sollte, statt einen Erlebnisurlaub mit dem Mountainbike zu unternehmen. Ein Gedanke, den sie aber schnell wieder verwarf, weil sie ahnte, nach spätestens einer Woche käme dann doch die große Langeweile bei ihnen auf. Es würde vollkommen ausreichen, dass Katharina ihr noch ausgiebig von ihrem Traumurlaub berichten würde.

Isabell wurde jäh aus ihren Gedanken gerissen, als sie es durch die geöffnete Terrassentür mehrmals klingeln hörte. Sie dachte für einen Augenblick, dass Katharina vielleicht schon zurückgekehrt war. Hatte sie sich etwa den falschen Rückreisetag vermerkt? Wie peinlich das wäre! Katharina samt Ehemann und Kinder würden sie unangenehm überraschen und bekämen mit, dass sie sich in ihrem Haus richtig gemütlich eingerichtet hatte.

Isabell hatte nicht die geringste Ahnung, wer vor ihr stehen würde, als sie die Haustür öffnete.

„Guten Tag! Landeskriminalamt Hannover. Becker ist mein Name. Darf ich fragen, wer Sie sind?"

„Ich bin Isabell Stein und hüte das Haus der Familie Subitz, die gerade im Urlaub ist."

„Frau Stein, für dieses Objekt liegt ein richterlicher Durchsuchungsbeschluss vor. Über den Grund dieser Maßnahme können wir Ihnen aus ermittlungstaktischen und datenschutzrechtlichen Gründen leider nichts Näheres sagen. Ich möchte Sie daher bitten, uns den Zutritt zu allen Räumlichkeiten zu gestatten."

Isabell konnte einfach nicht fassen, was da gerade vor sich ging. Sie fühlte sich wie im falschen Film. Binnen kürzester Zeit betraten mehr als ein Dutzend Mitarbeiter des LKA Hannover das Zuhause ihrer besten Freundin.

Isabell war fest davon überzeugt, dass diese Hausdurchsuchung etwas mit den dubiosen Geldgeschäften von Alex zu tun haben musste.

Noch 60 Minuten in Freiheit

„Meine sehr verehrten Damen und Herren. Hier spricht Ihr Flugkapitän Michael Brandes. Wir befinden uns aktuell in einer Flughöhe von 12.500 Metern. Ich möchte Sie auf den so einmaligen wie seltenen Ausblick aufmerksam machen, der sich uns durch den nahezu wolkenlosen Himmel bietet.

Zur linken Seite können Sie den faszinierenden Ausblick auf die Französischen und Schweizer Alpen genießen, mit den durchgängig schneebedeckten Berggipfeln. Auf der rechten Seite sehen Sie die österreichischen Alpen mit der wunderschönen Donaustadt Wien.

Sehr gut zu erkennen ist auch die bayerische Landeshauptstadt, die wir in circa fünf Minuten überfliegen werden. Und hier noch ein Hinweis. In circa 15 Minuten werden wir den Sinkflug einleiten und voraussichtlich pünktlich gegen 10.35 Uhr auf dem Flughafen Hannover-Langenhagen landen. Die Crew wünscht Ihnen weiterhin einen angenehmen Flug."

Alex war fasziniert von diesem Panorama.

„Fantastisch, einfach grandios!"

„Und schau mal Alex, man kann sogar den Bodensee genau erkennen", stellte Katharina fest.

„Das ist ja noch einmal ein richtiges Highlight, sozusagen das Sahnehäubchen zum Ende unseres Traumurlaubs", schwärmte Alex.

„Ja, dieser Urlaub hatte für uns so viele schöne Momente. Was haben wir nicht alles erlebt!"

Katharina ließ vor ihrem geistigen Auge diese unvergessenen Eindrücke Revue passieren. Es war der bisher schönste Urlaub in ihrem Leben. Und sie hatte den Eindruck, auch Alex hatte die vergangenen Wochen sehr genießen und neue Energie tanken können. Die Kinder waren vollauf begeistert und hatten große Freude daran gehabt, am Strand stundenlang nach Muscheln zu suchen. Im Hotelzimmer hatten sie dann eine kleine Galerie zusammengestellt und ständig gefragt, wer denn nun die schönsten Exemplare besaß. Alex und Katharina hatten es da nicht immer einfach gehabt, denn sie wollten keine von beiden enttäuschen.

Katharina schaute zu ihren Töchtern hinüber. Sie waren vom langen Flug vor Müdigkeit wieder eingeschlafen und hatten von all dem um sie herum gar nichts mitbekommen.

„Unsere süßen kleinen Mäuse sind ganz erschöpft von der langen Fliegerei." Katharina stupfte Alex kurz an.

„Ja, wir sind immerhin schon mehr als 13 Stunden unterwegs", stimmte Alex zu.

„Es reicht dann auch. Wir haben es ja bald geschafft."

Er war kurzzeitig eingenickt und tat gerade so, als ob er putzmunter sei. Katharina konnte sich ein Lächeln nicht verkneifen.

Sie hatten am Vorabend ihr Hotel gegen 21 Uhr verlassen, um rechtzeitig am Flughafen zu sein. Am Nachmittag hatten sie gemeinsam einen letzten ausgiebigen Spaziergang am Strand unternommen. Es waren noch einmal unvergessliche Momente, die sie sich bewahren und mit auf die Reise nehmen wollten. Die vielen Erinnerungen der vergangenen dreieinhalb Wochen würden sie in den nächsten Monaten stets begleiten.

„Meine sehr verehrten Damen und Herren. Hier ist noch einmal Ihr Flugkapitän. Ich möchte Sie darüber informieren, dass Sie Ihre Mobiltelefone bis kurz vor dem Landeanflug auf den Flughafen Hannover-Langenhagen selbstverständlich uneingeschränkt benutzen dürfen. Vielen Dank für Ihre Aufmerksamkeit!"

„Mobiltelefon! Das ist das Stichwort. Hätte ich doch fast vergessen." Alex wühlte im Handgepäck herum und gab unaufgefordert auch Katharina ihr Handy.

„Falls Du Isabell über unsere Ankunft informieren möchtest. Sie wird uns am Flughafen erwarten, oder?"

„Ja, ich denke, sie wird es nicht vergessen haben, dass wir heute zurückkommen", antwortete Katharina und schaltete ihr Handy ein, nach mehr als drei Wochen ohne Telefon und Post, ohne Termine und Verabredungen. Sie hatten es jeden Tag genossen und nicht ein einziges Mal vermisst, angerufen zu werden.

„Was ist das denn? Ich bekomme die Meldung angezeigt, dass zurzeit keinerlei Dienste zur Verfügung stehen", fluchte Alex sichtlich verärgert.

„Bitte wenden Sie sich an Ihren Mobilfunkbetreiber!", las er vor und stöhnte:

„Es kann doch nicht sein, dass die Rufnummer deaktiviert wurde, weil das Gerät für einige Wochen ausgeschaltet war. Das ist aber kein toller Service unseres Anbieters." Nur wenige Augenblicke später bestätigte auch Katharina die gleiche Meldung auf ihrem Gerät.

Es war irgendwie merkwürdig, dass einige Passagiere Telefongespräche führen konnten.

In der Hoffnung, vielleicht zu einem späteren Zeitpunkt eine Funkverbindung zu erhalten, legten sie ihre Handys griffbereit zur Seite und verschwendeten an diesen Umstand keine weiteren Gedanken.

Dass die Ursache ihrer deaktivierten Mobiltelefone kein Automatismus des Netzbetreibers war, ahnte weder Alex noch Katharina.

Beide Mobilfunknummern waren auf richterliche Anordnung der Staatsanwaltschaft Hannover gesperrt worden, als der Airbus A-380 mit 255 Passagieren an Bord in den europäischen Luftraum eingeflogen war.

Flugnummer FX 9887 befand sich im übertragenen Sinn auf dem Radarschirm des LKA Hannover, zumindest was die Zielperson Alex Subitz anging.

Der Passagier mit der Platznummer 112 erlebte in den folgenden Minuten in mehrfacher Hinsicht einen Sinkflug. Die aktuelle Flughöhe betrug 1.100 Meter.

Der Urlaubsflieger befand sich nur knapp 180 Flugsekunden von der Landebahn des Flughafens Hannover-Langenhagen entfernt.

Für Alex Subitz sollten es die letzten Minuten in Freiheit sein…

Es ist vorbei

„Wir haben nichts zu verzollen", gab Alex einem vermeintlichen Zollbeamten zu verstehen. Er hatte Alex anhand eines Fotos eindeutig identifiziert und stellte sich ihm augenblicklich in den Weg.

„Sind Sie Herr Alex Subitz?"

„Ja, warum?", entgegnete Alex, ohne zu ahnen, wer vor ihm stand.

„Mein Name ist Beckstein vom Landeskriminalamt Hannover. Würden Sie mir bitte folgen?"

Katharina konnte gar nicht so schnell realisieren, was da gerade vor sich ging, wie ihr Ehemann in einem Vernehmungsraum verschwand.

Auch sie wurde gebeten, sich für eine Befragung durch das LKA bereit zu halten.

Katharina überlegte, ob sie im Gepäck vielleicht Gegenstände hatten, die den Zoll ganz besonders interessierten. So sehr sie auch darüber nachdachte, ihr fiel partout nichts ein, was sie beim Zoll hätten anmelden müssen. Es muss ein großes Missverständnis vorliegen, schlussfolgerte sie. Eine Verwechslung von Fluggästen, das würde sich gewiss gleich herausstellen. Aber warum wurde Alex getrennt befragt?

„Mama, wo ist denn Papa mit den beiden Männern hingegangen?"

Beatrice schaute ihre Mutter verängstigt an und wartete auf eine Antwort, während Lea sich instinktiv schutzsuchend an ihre Mutter lehnte.

Ihre Töchter ahnten, dass irgendetwas nicht stimmte. Kinder haben für außergewöhnliche Situationen ein besonderes Gespür, wusste Katharina nur zu gut. Eine Antwort blieb sie ihrer Tochter Beatrice schuldig…

Im Nebenraum befand sich Alex Subitz mit weiteren Beamten des Landeskriminalamtes und einer Person, die das Gespräch eröffnete.

„Herr Subitz, mein Name ist Wellmann. Ich bin leitender Oberstaatsanwalt und führe die Ermittlungen in einem Mordfall. Gegen Sie besteht der dringende Tatverdacht, am 7. November 1985 die damals 17-jährige Anna-Lena Bauer in Ihrem PKW entführt, mehrfach sexuell missbraucht und anschließend getötet zu haben.

Die uns vorliegenden eindeutigen Beweise vom damaligen Tatort wie auch die sichergestellten Gegenstände aus Ihrem Wohnhaus legen den Schluss nahe, dass sie diese Tat begangen haben.

Außerdem wurden Spuren vom Tatort mit Ihren eigenen abgeglichen. Das Ergebnis, war eindeutig, denn sie konnten zweifelsfrei und ausschließlich Ihrer Person zugeordnet werden.

Herr Subitz, Sie müssen sich hier und jetzt zur Sache nicht äußern. Sie können selbstverständlich von Ihrem Aussageverweigerungsrecht Gebrauch machen und einen Anwalt Ihrer Wahl hinzuziehen. Bis dahin bleibt der gegen Sie ausgestellte Haftbefehl bestehen. Möchten Sie sich dennoch zu diesen Tatvorwürfen äußern?", fragte Oberstaatsanwalt Wellmann den wortlos und sichtlich betroffen wirkenden Alex Subitz.

„Nein, ich werde mich dazu nicht äußern. Ich will mich zunächst mit meinem Anwalt besprechen."

Alex schien überrumpelt und von dieser Situation vollständig überfordert zu sein. Er konnte es einfach nicht glauben, was gerade mit ihm geschah.

Aber hatte er in den vergangenen Monaten nicht schon geahnt, dass ihm die Ermittlungsbehörde ganz dicht auf den Fersen war und ihn früher oder später auch überführen würde?

Nun musste er sich mit allen Konsequenzen für ein Verbrechen verantworten, das er vor mehr als zwei Jahrzehnten begangen hatte.

„Herr Subitz. Bis auf weiteres werden Sie in der Untersuchungs-Haftanstalt Rosdorf bei Göttingen untergebracht. Ihre Ehefrau wird hierüber von uns umgehend informiert. Ihren Anwalt können Sie ebenfalls im Anschluss an dieses Gespräch verständigen", erklärte der leitende Oberstaatsanwalt.

„Der zuständige Haftrichter erwartet Sie bereits. Er wird Ihnen die Haftgründe im Einzelnen erläutern und die Untersuchungshaft offiziell bekannt geben und anordnen." Alex Subitz war wie versteinert und nicht in der Lage auch nur ein Wort von sich zu geben.

Nur wenige Meter entfernt wartete Katharina mit ihren Kindern in einem Befragungsraum. Sie wollte endlich wissen, was eigentlich gerade vor sich ging und warum sie getrennt von ihrem Ehemann befragt wurde.

„Frau Subitz. Gegen Ihren Ehemann wird seit einigen Monaten wegen des Verdachts ermittelt, im Jahre 1985 eine 17-jährige Anhalterin getötet zu haben."

Kriminalrat Beckstein vermied aus Rücksicht auf die anwesenden Töchter von Katharina noch konkreter zu werden.

Erst als Beckstein näher erläutert hatte, was ihrem Mann zur Last gelegt wurde, begann Katharina zu dämmern, dass Alex sich in großen Schwierigkeiten befand. Die eindeutigen Indizien und Beweise, die den dringenden Tatverdacht gegen ihren Ehemann zweifelsfrei begründeten, bestärken sie in ihrer Annahme.

„Aber das kann doch nicht sein. Das ist ein Irrtum! Für meinen Mann lege ich meine Hand ins Feuer. Er könnte keiner Fliege etwas zuleide tun. Niemals! Das muss eine Verwechslung sein! Mein Mann ist kein Mörder! Verstehen Sie? Mein Alex bringt doch niemanden um!"

Katharina kämpfte verzweifelt darum, Kriminalrat Beckstein von der Unschuld ihres Mannes zu überzeugen, obwohl sie spürte, dass es aussichtslos war.

Als Beckstein ihr schließlich das Ergebnis der Durchsuchung ihres Hauses im Detail erläuterte, brach Katharina Subitz´ kleine heile Welt endgültig zusammen.

Das Monster ist gefasst

Josephine Bauer konnte es kaum erwarten, zum Friedhof zu kommen, um das Grab ihrer Tochter Anna-Lena aufzusuchen. Sie wollte ihr in stummer Zwiesprache eine Neuigkeit mitteilen, auf die sie seit Jahren gehofft hatte.

Anna-Lenas Mutter goss alle Pflanzen auf dem Grab, bevor sie sich in Gedanken ganz ihrer Tochter widmete.

„Meine liebe Anna-Lena, entschuldige bitte, dass ich vorgestern nicht zu Dir kommen konnte. Ich hatte noch einen wichtigen Arzttermin. Du weißt ja, ich habe seit einiger Zeit diese Herzschmerzen. Der Arzt meint, dass ich mich mit den vielen Besuchen bei Dir vielleicht doch etwas überfordere. Aber ich habe Dir versprochen, immer für Dich da zu sein und für Dich zu sorgen. Du bist meine Tochter, meine geliebte Anna-Lena."

Es war schon seit langem ein Ritual, dass Josephine Bauer am Grab ihrer Tochter ausgiebige stille Monologe führte. Sie informierte Anna-Lena über alles, von dem sie glaubte, es hätte sie interessieren können und was in irgendeinem Zusammenhang mit ihr stand.

Die erste Zeit war sie von ihrem Ehemann Erwin begleitet worden. Aber auf Dauer hatte er es zu belastend empfunden, sich am Grab immer wieder mit dem Tod seiner Tochter zu konfrontieren. Es hatte ihn emotional überfordert, und er hatte einfach nicht die Kraft gehabt, diese Art von Nähe zu Anna-Lena herzustellen.

Josephine Bauer konnte kaum an sich halten, als sie sich gedanklich ihrer Tochter zuwandte:

„Anna-Lena, heute möchte ich Dir etwas mitteilen, das mich den ganzen Tag schon aufwühlt. Es ist nicht zu fassen: Die Polizei konnte den Mann verhaften, der Dir so etwas Schreckliches angetan hat."

Für die Mutter des ermordeten Mädchens war das ein Gefühl, als könne nun ihre tiefe Wunde zu heilen beginnen – nach so vielen Jahren haben sie endlich den Mörder ihrer Tochter gefasst!

„Ich kann es kaum glauben, liebe Anna-Lena. Und dabei hatte ich vor dem Tag, an dem wir diese Nachricht erhalten würden, ehrlich gesagt, immer sehr große Angst gehabt. Aber was ich heute spüre, das ist Genugtuung.

Ich bin beruhigt, dass sie dieses Monster endlich gefasst haben und ihm hoffentlich den Prozess machen werden." Josephine Bauer wischte sich eine Träne von der Wange.

„Es wird Dich nicht mehr lebendig machen, meine Liebe. Nur sollst Du wissen, er kommt nicht ungestraft davon. Für das, was er Dir angetan hat, wird er büßen. Ja, und ich glaube, ich werde ihm von Angesicht zu Angesicht gegenübertreten und ihn damit konfrontieren, dass er unser Leben zerstört hat.

Ich werde ihm sagen, was er damit angerichtet hat. Er soll mir erklären, wie er darüber nur richten konnte, Dein so junges Leben einfach zu beenden und Dich uns für immer zu entreißen. Eine Antwort darauf ist er uns verdammt nochmal schuldig."

Josephine Bauer hatte sich wieder einmal derart aufgeregt, dass sie ihr Herz deutlich spürte. Sie legte eine kleine Pause ein und setzte sich für einen Augenblick auf eine Bank, die nur wenige Meter von Anna-Lenas Grab stand.

Es tat ihr gut, die Sonnenstrahlen zu spüren und dabei die Augen zu schließen. Nun fühlte sie sich ihrer Tochter ganz nah.

Erst als sie die Kirchturmuhr zur vollen Stunde schlagen hörte, wurde ihr bewusst, dass sie für einige Minuten eingenickt sein musste.

Nachdem sie sich von Anna-Lena verabschiedet hatte, machte sie sich auf den Rückweg.

Sie dachte die ganze Zeit darüber nach, wie ihr Ehemann wohl auf die Eröffnung der Kriminalpolizei reagieren würde. Sie beide hatten sich irgendwann damit abgefunden, niemals mehr zu erfahren, wer ihre Tochter getötet hatte.

Je länger Josephine Bauer in Gedanken um all dies kreiste, desto mehr holte sie unweigerlich die Vergangenheit wieder ein: der Tag nach Anna-Lenas Verschwinden, die Monate der Ungewissheit und des quälenden Wartens, die schmerzhaft verbunden waren mit der Hoffnung, Anna-Lena würde wieder zurückkehren. Und dann diese bittere Gewissheit, dass ihre Tochter einem Verbrechen zum Opfer gefallen war.

Diese Momente holte ihr Gedächtnis für kurze Zeit in die Gegenwart zurück.

Josephine Bauer wurde bereits von ihrem Ehemann erwartet. An seiner Reaktion erkannte sie, dass er die Mitteilung der Kriminalpolizei bereits gelesen hatte. Sie umarmte ihn mit den Worten:

„Erwin, sie haben Anna-Lenas Mörder gefasst! Es ist kaum zu glauben, nach so vielen Jahren!"

Aus Erwin Bauer brach es augenblicklich heraus:

„Hoffentlich kommt er für den Rest seines Lebens ins Gefängnis, damit diese Bestie nie wieder jemandem etwas antun kann. Wenn ich diesen Kerl zwischen die Finger kriege, garantiere ich für nichts. Ich glaube, ich vergesse mich, wenn ich ihm jemals begegnen sollte. Er hat das Leben unserer Tochter auf dem Gewissen und uns das Leben zur Hölle gemacht. Das Gericht muss ihn für immer aus dem Verkehr ziehen. Nie wieder darf so ein Dreckskerl frei herumlaufen! Nie wieder, und wenn ich persönlich dafür sorge!"

Erwin Bauer war aufgebracht und außerstande, sich zu beruhigen. Seine Frau war sich ganz sicher, dass er nicht der Typ von Menschen war, der Rache üben würde. Dennoch bereitete ihr seine heftige Reaktion ernsthaft Sorgen.

„Was meinst Du, ob der Täter, den sie verhaftet haben, aus unserem Ort ist?"

Erwin Bauer starrte unentwegt auf den Brief der Kriminalpolizei. Seine Frau konnte nur ahnen, was in diesen Augenblicken in seinem Kopf vor sich ging.

„Wenn er von hier kommen sollte, ist die Wahrscheinlichkeit wohl sehr hoch, dass wir ihn kennen und ihm hier und da auch schon begegnet sind", mutmaßte er und wehrte sich innerlich vehement dagegen, diese Gedanken zu Ende zu denken. Josephine wandte sich ihm zu.

„Aber warum hatte es so lange gedauert, bis man den Mörder von Anna-Lena überführt hat? Warum mussten mehr als zwei Jahrzehnte vergehen, bis diese Tat an unserer Tochter aufgeklärt werden konnte?"

An jenem Abend quälten sich Anna-Lenas Eltern noch mit zahllosen Fragen, auf die sie jedoch keine Antworten finden konnten.

Allein die Vorstellung, es könnte jemand aus ihrer Nachbarschaft gewesen sein, der Anna-Lena getötet hatte, erfüllte sie mit Unruhe und Zweifeln.

Der Gedanke daran arbeitete bohrend in ihnen weiter.

JVA Rosdorf - Ende einer langen Freundschaft

Ulrich Weißhaupt wurde aufgefordert, seinen Gürtel und weitere persönliche Gegenstände in einen bereitgestellten Karton zu legen. Für einen kurzen Augenblick fühlte es sich an, als werde er selbst als dringend Tatverdächtiger in Untersuchungshaft genommen.

Der Steuerfachanwalt hatte sich schon frühzeitig auf den Weg begeben, um die mehr als hundert Kilometer entfernte Justizvollzugsanstalt Rosdorf nahe Göttingen aufzusuchen. Freiwillig und aus rein privaten Gründen, wie er seiner Sekretärin vertraulich mitteilte. Und scherzhaft hatte er noch hinzugefügt:

„Ich habe übrigens auch nicht vor, dort zu bleiben."

Mit dem Hinweis, er würde für den heutigen Tag keine weiteren Termine mehr wahrnehmen, hatte er sich von ihr verabschiedet.

Gelegentlich kam es vor, dass er Klienten aufsuchte, die sich in Untersuchungshaft befanden. Weißhaupt befragte dann meist Firmeninhaber oder Chefprokuristen, denen wegen schwerer Steuervergehen mit einiger Wahrscheinlichkeit eine mehrjährige Haftstrafe drohte.

Es waren die „Gestrandeten", wie Weißhaupt sie nannte; Klienten, die glaubten, besonders geniale Tricks im komplizierten Steuerrecht zu kennen und auch konsequent anwenden zu müssen, koste es was es wolle.

Aber letztlich wurden sie irgendwann wegen Betrugs überführt. Es traf meist diejenigen, die ihren Hals ohnehin nicht voll genug bekommen konnten und mit einer Selbstverständlichkeit davon ausgingen, die Steuerbehörden würden sie nicht erwischen.

Schon so manchen Firmeninhaber hatte diese Annahme in den Ruin getrieben und letztlich auch viele Jahre hinter Gittern gebracht. Weißhaupt war sich dann oft wie ein Feuerwehrmann vorgekommen, der zu einem Brand gerufen wurde, bei dem das Haus bereits in voller Ausdehnung in Flammen stand. Es war dann einfach zu spät, und er konnte für seine Klienten praktisch kaum noch etwas tun.

Ulrich Weißhaupt suchte diese Vollzugsanstalt, die zu den modernsten Einrichtungen dieser Art in Deutschland zählte, normalerweise aus beruflichen Gründen als Fachanwalt im Steuerrecht auf. Diesmal war es allerdings anders. Er fand sich in einer rein privaten Angelegenheit vor Ort ein.

Einen Untersuchungshäftling der aktuell 375 Insassen der Haftanstalt kannte Ulrich Weißhaupt bereits seit sehr langer Zeit: Es war sein bester Freund Alex Subitz.

Umso mehr hatte es ihn entsetzt, als er erfahren hatte, dass Alex eines Kapitalverbrechens bezichtigt wurde, das er vor vielen Jahren begangen haben sollte. Es fiel ihm schwer zu glauben, dass er mit jemandem über viele Jahre so eng befreundet gewesen war, dem nun vorgeworfen wurde, auf heimtückische Weise einen Menschen getötet zu haben.

Er hatte sich als Jurist zunächst an die Unschuldsvermutung gehalten: So lange jemand nicht rechtskräftig verurteilt war, galt er als unschuldig; daran führte kein Weg vorbei. Und es galt nach wie vor der Grundsatz: In dubio pro reo.

Weißhaupt ließ sich als erfahrener Jurist nicht so schnell von Aussagen, Meinungen oder Gefühlen leiten, die im Ergebnis einer Vorverurteilung gleichkamen. Er benötigte harte Fakten, bewiesene Tatsachen und eindeutig belegte Indizien, um zu einer ersten vorsichtigen Einschätzung der Schuld oder Unschuld eines Tatverdächtigen gelangen zu können.

Diese unvoreingenommene und neutrale Sichtweise konnte er ausgerechnet im Falle seines besten Freundes nicht lange vertreten.

Als er von Katharina erfahren hatte, dass die Kriminalpolizei mit einem richterlichen Durchsuchungsbeschluss die Villa der Familie regelrecht auf den Kopf gestellt hatte, hatte sich Weißhaupt noch relativ gelassen gezeigt. Nachdem seine langjährige Bekannte jedoch im Detail erklärt hatte, was die Hausdurchsuchung an eindeutigen Beweisgegenständen zutage gefördert hatte, war die Gelassenheit einer ungeheuerlichen Gewissheit gewichen. Ihm war sofort klar gewesen, es musste sich um ein schweres Verbrechen handeln, das Alex vorgeworfen wurde.

Er hatte keinen Augenblick mehr daran gezweifelt, dass sein langjähriger Freund und Geschäftspartner dieses Verbrechen auch tatsächlich begangen hatte. Alex galt rechtlich gesehen als dringend Tatverdächtiger und mutmaßlicher Mörder.

Ein Justizbeamter führte Weißhaupt in einen Besucherraum, wie man ihn nur vom Fernsehen her kannte. Spärlich möbliert, ein Tisch mit zwei Stühlen, die sich gegenüberstehen, mehr nicht. Weißhaupt setzte sich unaufgefordert.

„Der Untersuchungshäftling Alex Subitz wird in wenigen Augenblicken erscheinen. Bitte vermeiden Sie jeglichen Körperkontakt und den Austausch von Gegenständen jedweder Art. Die Besuchszeit ist auf dreißig Minuten begrenzt."

Wenige Augenblicke später erschien Alex in Begleitung eines Justizbeamten.

Nun saßen sie sich gegenüber. Alex versuchte den Blicken seines bis dato besten Freundes auszuweichen. Er wirkte wie ein geprügelter Hund, eben wie jemand, der etwas verbrochen hatte und nun ein schlechtes Gewissen haben musste.

Blass sah er aus. Alex erschien Weißhaupt wie ein gebrochener Mann, der nun verängstigt in einen Abgrund schaute. Dieses Bild hatte sich ihm augenblicklich aufgedrängt. Nach einer gefühlten Ewigkeit brach Alex das Schweigen.

„Danke Ulrich, dass Du gekommen bist. Ich hätte nicht gedacht, dass Du mich besuchen würdest."

„Ich soll Dich von Katharina und den Kindern grüßen", entgegnete Weißhaupt nach einigen Sekunden.

Er hatte klare Vorstellungen davon, wie dieses Treffen mit ihm ablaufen sollte. Für ihn stand fest, dies würde seine letzte Begegnung mit Alex werden und bleiben.

„Alex, ich habe nicht viel Zeit. Was ich Dir zu sagen habe möchte ich Dir persönlich, von Angesicht zu Angesicht, mitteilen. Das ist mir sehr wichtig."

Alex schaute Ulrich zum ersten Mal während dieser Begegnung direkt und anhaltend an, voll banger Erwartung auf die Worte, die folgen würden. Alex mutmaßte, dass sein langjähriger Freund längst begriffen hatte, warum er sich in U-Haft befand.

„Alex, ich möchte aufrichtig und ehrlich zu Dir sein. Als mir Katharina mitteilte, warum Du hier bist, und welche erdrückenden Beweise gegen Dich vorliegen, habe ich mich entschlossen, unsere Verbindung für immer zu trennen."

Weißhaupt vermied es bewusst, den Begriff ‚Freundschaft' auszusprechen.

„Und ja, wie Du Dir denken kannst, bin ich menschlich maßlos enttäuscht von Dir und entsetzt darüber, dass Du einen Menschen getötet haben sollst.

Sorry, Alex, wenn ich das so schonungslos und unmissverständlich sage, aber ich möchte mit einem Mörder nichts zu tun haben. Ich wünschte, ich hätte Dich nie kennengelernt. Schließlich hast Du letzten Endes über Jahre auch mein Vertrauen missbraucht und mir vorgespielt, ein aufrichtiger Freund zu sein, auf den man sich blind verlassen kann.

Im Gegensatz zu Dir war ich stets offen und ehrlich. Ich fühle mich von Dir übel hintergangen. Das, was Du ganz offenkundig getan hast, ist durch nichts zu rechtfertigen oder gar zu entschuldigen.

Ja, für Dich wird das alles, was ich Dir hier sage, wie eine Vorverurteilung klingen. Mag sein. Aber ich glaube, Du würdest Dich ganz anders verhalten, wenn Du nicht eine solche Tat begangen hättest. Da bin ich mir zu hundert Prozent sicher. Dazu kenne ich Dich einfach viel zu lange und viel zu gut.

Schon allein durch meinen Job verfüge ich über eine gewisse Menschenkenntnis. Und die sagt mir, Du bist ganz tief gefallen; tiefer geht es nicht mehr.

Deinem Wunsch, Dir einen Strafverteidiger zu organisieren, kann und will ich nicht nachkommen. Du wirst in den nächsten Jahren genügend Zeit haben, um nachzudenken und Dich für das zu verantworten, was Du den Angehörigen und Freunden des Opfers und auch Deiner Familie angetan hast.

Einmal in Deinem Leben hast Du nun die Chance, die volle Verantwortung für Dein Handeln zu übernehmen. Du wirst niemanden finden, der Dir das abnehmen kann und will. Ich wüsste nicht, was ich Dir im Moment noch wünschen könnte."

Ulrich Weißhaupt hatte ausgesprochen, was er sich zu sagen vorgenommen hatte. Er wartete erst gar nicht eine Antwort seines Gegenübers ab, sondern stand unvermittelt auf. Dem Vollzugsbeamten signalisierte er, nun gehen zu wollen.

Alex Subitz blieb noch einige Sekunden wortlos sitzen, bevor er in seine Zelle gebracht wurde.

JVA Rosdorf - Wie ein Kartenhaus

Für Katharina und ihre Kinder war nichts mehr wie zuvor, seit Alex verhaftet worden war. Sie schienen nach ihrem Traumurlaub in eine andere Welt zurückgekehrt zu sein, in eine Welt, die nur noch aus Angst und Verunsicherung bestand.

Es kam ihr vor, als sei der Urlaub schon Jahre her. Alles um sie herum hatte entweder an Bedeutung verloren oder wurde zu einem Problem, vor dem sie plötzlich stand und zu dem sie zunächst keine Lösung sah.

Hätte Katharina in dieser Zeit nicht die Unterstützung ihrer Freundin Isabell gehabt, hätte sie einfach nicht weitergewusst, auch in den ganz alltäglichen Situationen nicht, die sie ständig zu überfordern drohten.

Isabell war die einzige Person, auf die sich Katharina wirklich verlassen konnte. Von ihr kamen weder Vorwürfe noch gutgemeinte oder besserwisserische Ratschläge. Sie war einfach nur für sie da, und das allein reichte Katharina mit ihren Kindern oftmals schon aus.

Die Anwesenheit der Freundin gab ihr Halt und etwas Sicherheit und Vertrauen zurück; sie machte ihr Mut.

Katharina durfte jetzt nicht resignieren, sondern musste nach vorn schauen; gerade oder allein schon der Kinder wegen.

Und so glaubte sie stark genug zu sein, um Alex in der Justizvollzugsanstalt zu besuchen; zum ersten Mal, seit er vor mehr als einem Monat am Flughafen festgenommen worden war.

Ulrich Weißhaupt hatte in einem kurzen Telefonat Katharina seinen Eindruck von Alex geschildert.

Sie hatte sofort gemerkt, wie distanziert und unpersönlich sich ihr langjähriger Bekannter verhielt. Katharina vermisste an Ulli, wie sie ihn nannte, die gewohnte Vertrautheit und die freundschaftliche Nähe. Beides hätte sie gerade jetzt in einer solch schwierigen Situation bitter nötig gehabt und sich von ihm gewünscht. Stattdessen war es ein Telefonat des Abschiednehmens, der Aufkündigung einer langjährigen Freundschaft.

Katharina spürte, wie sehr es sie schmerzte, abgelehnt und gemieden zu werden. Sie fühlte sich behandelt wie eine Aussätzige, obwohl sie die letzte war, die man für dieses Desaster verantwortlich machen konnte.

Sie war sich ganz sicher, dass sie sich als Mutter und Ehefrau nichts vorzuwerfen hatte. Sie hatte alles richtig gemacht und keine Schuld auf sich geladen. Und umso ungerechter empfand sie es, wie nun mit ihr umgegangen wurde und was sie alles auszuhalten hatte.

Sie war mittlerweile an einem Punkt angelangt, an dem ihre Emotionen – Ängste, Verzweiflung, Schmerz und Hoffnungslosigkeit – aufbrachen und sich zu wandeln begannen.

Sie spürte diesen Ärger, Zorn und gelegentlich auch Aggressionen, eine regelrechte Wut, die sie auf Alex projizierte. Er war es letztlich, der es allein zu verantworten hatte, dass seine Familie in diese Situation geraten war.

Isabell bestärkte ihre Freundin von Anfang an in ihren Gefühlen. Wenn Katharina aber zu zweifeln begann und die Schuld bei sich suchte, holte sie die Freundin zurück in die Realität und appellierte eindringlich an sie:

„Katharina, Du bist für das, was Alex da angerichtet hat, in keinster Weise verantwortlich. Du hast Dir überhaupt nichts vorzuwerfen. Versuche also, einen klaren Kopf zu behalten. So schwer es Dir auch fällt. Deine Kinder brauchen Dich jetzt mehr als je zuvor."

An diese Worte musste Katharina sehr oft in den vergangenen Tagen denken. Sie waren wie Balsam für ihre Seele gewesen. Und sie würden ihr Kraft genug geben, um die kommende halbe Stunde zu überstehen.

Dreißig Minuten, die sie mit Alex unter Aufsicht verbringen sollte.

Als sich die Tür zum Besucherraum öffnete und Alex in Begleitung eines Justizbeamten erschien, zuckte Katharina unmerklich zusammen. Sie fixierte ihren Ehemann vom ersten Moment an. Sie wollte ihm von Anfang an in die Augen schauen.

Als er sich an den Tisch setzte, saßen sie sich wie zwei Fremde sekundenlang schweigend gegenüber. Keiner von beiden brachte den Mut auf, etwas zu sagen.

Letztlich überwand sich Katharina, Alex mit einem zurückhaltenden „Hallo" zu begrüßen.

„Hallo, mein Liebes. Wie geht es Dir und den Kindern?", antwortete Alex so leise, als wollte er vermeiden, dass der anwesende Sicherheitsbeamte hörte, was er zu Katharina sagte.

Katharina musste an sich halten; sie drohte ihre Fassung zu verlieren. Ihre festen Vorsätze und Absichten schienen sich für einen Augenblick in Luft aufzulösen.

Es war diese vertraute Stimme ihres Mannes, die sie weich und nachgiebig werden ließ.

Es war dieser Charme, der wie eine Droge auf sie wirkte. Es war das ewig Vertraute, das Alex nun auch gegen sie wie eine Waffe einsetzte. Damit wollte er sich seiner Frau bemächtigen. Sie sollte weiter zu ihm halten. Schließlich war Katharina die einzige Vertrauensperson, die in seinem Leben noch existierte.

Katharina aber hatte sich fest vorgenommen, nie wieder zuzulassen, dass Alex sie manipulierte. Sie wollte sich ab sofort nicht mehr so behandeln lassen, als sei sie die schwache, leicht verletzbare und übersensible Ehefrau. Sie wollte und konnte es nicht mehr sein. Nach allem, was geschehen war, hatte sie sich das selbst strikt verboten.

Und augenblicklich erinnerte sie sich an die Worte von Isabell. Katharina konnte sich nicht mehr zurückhalten. Warum sollte sie den bis dahin aufgestauten Frust und Ärger und diese Wut, die sie in sich trug, noch länger vor Alex verbergen?

„Wie es mir geht? Du fragst mich allen Ernstes, wie es mir geht, nachdem Du uns das alles angetan hast? Weißt Du eigentlich, durch welche Hölle wir gerade gehen? Hast Du überhaupt eine Vorstellung davon, was es für ein Gefühl ist, zu wissen, dass man jahrelang mit einem Mörder zusammengelebt und mit ihm alles geteilt hat?

Ich habe mit einem Mörder zusammen gelacht, mit ihm diskutiert und die intimsten Dinge ausgetauscht. Ich habe geschlafen mit einem Mörder, und der hat mir zwei wunderbare Töchter geschenkt. Und ich habe mich einem Mörder anvertraut, der erlebt hat, wie ich mich in seinen Armen fallen ließ und der mich aufgefangen hat, wenn es mir nicht gut ging. Und Du fragst mich, wie es mir geht, nachdem ich erfahren habe, dass Du einen Menschen getötet hast?

Wie konntest Du nur so etwas Grausames tun? Ahnst Du eigentlich, was es für Beatrice und Lea bedeutet, keinen Vater mehr zu haben, der sich um sie kümmert, der für sie da ist, wenn er gebraucht wird? Was es für sie heißt, begreifen zu müssen, ihr Vater ist ein Mörder, ein Mensch, der einem anderen Menschen das Leben genommen hat?"

Alex schaute Katharina nicht einen Augenblick lang an. Das machte sie von Minute zu Minute aggressiver, und ihre Stimme wurde noch lauter.

Der Justizbeamte beobachtete beide sehr aufmerksam. Er war von Katharinas Auftreten beeindruckt und nahm in gewisser Weise daran teil, wenn auch nur als stiller Zuhörer, diskret, im Hintergrund.

„Schau mich gefälligst an, wenn ich mit Dir rede! Denn was ich Dir mitzuteilen habe, sage ich Dir kein zweites Mal!"

Katharina war selbst überrascht, in welchem Ton sie mit Alex redete. Ihre Gefühle brachen sich binnen weniger Sekunden Bahn, wie ein Gewittersturm brachen sie über Alex herein. Er war die größte Enttäuschung ihres Lebens; es war ihre Reaktion auf das Unfassbare, was Alex ihr und den Mädchen angetan hatte.

Alex hob im Zeitlupentempo seinen Kopf und starrte Katharina beinahe regungslos an.

„Es tut mir leid, meine Liebste", stammelte er hilflos und kaum vernehmbar.

„Ich würde alles tun, um das, was damals geschehen ist, rückgängig zu machen. Bitte glaube mir. Es tut mir so unendlich leid!" Mehr brachte Alex nicht hervor.

„Ich bin nicht mehr Deine Liebste. Und was ist es denn, was Dir wirklich leidtut? Tust Du Dir selbst leid? Oder tut es Dir vielleicht leid, dass Du einen Menschen umgebracht hast? Dass Du dadurch viele weitere Menschen ins Unglück gestürzt und Ihnen die Lebensfreude für immer genommen hast? Du hast mit diesem Verbrechen unbeschreibliches Leid ausgelöst. Ist Dir das eigentlich klar?"

Katharina hielt einen Augenblick inne. Ihr Körper zitterte, so aufgewühlt war sie. Alles in ihr wehrte sich heftig gegen diesen Mann, und sie konnte ihre Tränen der Wut nicht mehr zurückhalten.

Alex versuchte, tröstend seine Hand auf die ihre zu legen. Blitzschnell zog sie ihre Hand weg, noch bevor er sie berühren konnte. Als Reaktion darauf schrie sie ihn unvermittelt an.

„Fass mich nicht an!" Sie wollte sich unter keinen Umständen von ihrem Mann berühren lassen, nicht von einem Mörder.

„Ich bin noch lange nicht fertig mit Dir", herrschte Katharina ihn an.

„Weißt Du, was Beatrice mich fragte, als ich heute Morgen das Haus verließ?" Katharina ließ Alex keine Zeit zu antworten.

„Sie fragte mich, wo Du seist und ob ich Dich wieder nach Hause holen würde. Hast Du eigentlich eine Vorstellung davon, wie sehr Dich unsere Kinder vermissen und wie oft ich sie abends tröste, sie in den Armen halte und ihre Tränen aushalten muss, bis sie weinend einschlafen?

Seit Du verhaftet worden bist, spricht Lea kaum noch ein Wort. Sie ist völlig in sich gekehrt und weint still vor sich hin. Ich habe schon aufgehört zu zählen, wie oft sie die Sätze gejammert hat:

,Ich will Papa endlich wiedersehen. Wann kommt er denn nach Hause? Er fehlt mir so.'

Was Du getan hast, ist unverzeihlich, und wie sich die Folgen Deiner Tat auf unsere Kinder auswirken, bricht mir das Herz. Unsere Töchter müssen ohne einen Vater aufwachsen, weil der ein Mörder ist und den Rest seines Lebens im Gefängnis verbringen wird. Das ist die traurige Realität!"

Alex zeigte zum ersten Mal so etwas wie den Ansatz von Emotionen. Katharina konnte sich nicht daran erinnern, wann sie bei ihm zuletzt eine Reaktion auf der Gefühlsebene bewusst wahrgenommen hatte.

Vielleicht war es bei der Geburt ihrer beiden Töchter gewesen, oder als er die beiden zum ersten Mal in den Armen gehalten hatte. Ein Gedanke, der Katharina unversehens einen kalten Schauer über den Rücken laufen ließ: Mein Ehemann, ein Mörder, hatte meine Kinder in seine Arme genommen…

Alex schien langsam zu realisieren, was Beatrice und Lea in den vergangenen Wochen durchlebt hatten und was ihnen noch bevorstehen würde.

Er begann jämmerlich zu weinen – ein Anblick, der Katharina völlig fremd war.

Er hielt die Hände vor sein Gesicht. Wenige Augenblicke später liefen einzelne Tränen durch seine Finger.

Für Katharina wurden diese Momente immer unerträglicher. Mit wem hatte sie eigentlich wirklich die vielen Jahre gelebt? Wer war diese Person, die ihr gegenübersaß und völlig die Fassung verlor? Diesen Menschen wollte sie als ihren Ehemann nicht mehr akzeptieren.

Der Alex, den sie bis hierher begleitet hatte, war immer ein Weltmeister im Verdrängen von Gefühlen und Emotionen gewesen. Und wahrscheinlich nicht zuletzt auch wegen der Bürde seiner Tat.

Katharina kam nicht mehr dazu, Alex zu sagen, wie sie in den vergangenen Wochen von wildfremden Menschen am Telefon beschimpft und bedroht worden war. Sie konnte ihm auch nicht mehr sagen, dass sie seit seiner Verhaftung in ständiger Angst gelebt hatte, man würde ihr die Kinder wegnehmen. Die unangekündigten Besuche des Jugendamtes in den vergangenen Wochen hatte sie als Terror empfunden. Man sei um das Kindeswohl besorgt und habe größte Bedenken, ob sie in der derzeitigen Situation überhaupt in der Lage sei, ausreichend für die Kinder zu sorgen; zudem seien die anhaltenden Belastungen nicht spurlos an ihr vorübergegangen, musste sie sich vorhalten lassen.

Katharina ging davon aus, dass sich Alex von all dem nicht die geringste Vorstellung machte. Es schien ihr so, als würde er nur mit sich beschäftigt sein und all seine Gedanken ausschließlich um sich selbst kreisen.

Dieser Mann würde sich nicht schämen, vor Selbstmitleid zu zerfließen und nur darauf zu warten, dass irgendwer ihn ob seiner schwierigen Situation bedauerte. Seine Selbstmitleidtour machte Katharina rasend vor Wut. Sie konnte dafür absolut kein Verständnis aufbringen, nicht einmal ansatzweise.

Als der Justizbeamte ankündigte, die Besuchszeit würde in fünf Minuten enden, nahm Katharina die ganze verbliebene Kraft zusammen, um Alex auf den Kopf zuzusagen, er könne ab sofort auf sie nicht mehr zählen.

„Alex, ich weiß nicht, was Du hier durchmachst. Erwarte von mir aber bitte nicht, dass ich auch nur einen einzigen Funken Mitleid oder gar Verständnis dafür aufbringe. Im Gegenteil, Du allein hast dafür gesorgt, dass es so gekommen ist, mit allen Konsequenzen für Dich und für alle Betroffenen. Du allein wirst dafür die volle Verantwortung übernehmen müssen. Und Du musst Dich dem stellen, dem Du Dich so viele Jahre geschickt entzogen hast. Das kann und wird Dir niemand abnehmen. Und eines merke Dir:

Mit unserem heutigen Treffen breche ich den Kontakt zu Dir unwiderruflich ab. Bitte unterlasse also jeglichen Versuch, jemals wieder mit mir Kontakt aufzunehmen. Ich werde darauf nicht reagieren."

Die Worte von Katharina trafen Alex ins Mark. Er drohte seine Fassung zu verlieren, kämpfte um Haltung und seine Beherrschung, wie er es jahrelang getan hatte.

Alex wollte Katharinas Entscheidung nicht einfach akzeptieren; unter keinen Umständen war er dazu bereit.

Mit dieser Ankündigung hatte sie ihn an seiner verletzlichsten Stelle getroffen. Es wirkte wie der Schlag eines Boxers, der sein Gegenüber unvermittelt in den

Knockout befördert hatte. Katharina hatte mit wenigen Worten Alex zu Boden gebracht.

„Aber das kannst Du doch mit mir nicht machen. Du bist meine Ehefrau. Wir sind verheiratet. Du kannst mich doch jetzt nicht mit allem einfach so sitzen lassen.

Ich brauche Dich! Katharina…"

Beim Verlassen des Besucherraumes konnte sie noch hören, wie Alex den Justizbeamten anschrie und ihm vorwarf, er habe ihn ungerecht behandelt, weil er das Gespräch mit seiner Frau einfach unterbrochen hatte.

Katharina hatte ihm den Rücken gekehrt, ohne sich verabschiedet zu haben. Selbst einen letzten Blick hatte sie ihm konsequent verweigert.

So schnell als möglich wollte sie sich von diesem Ort und von Alex entfernen. Katharina konnte seine Gegenwart nicht länger ertragen.

LKA Hannover - Schluss-Meeting

Es wurde deutlich ruhiger unter den Anwesenden, als Dr. Rudolf Häusler, Präsident des Landeskriminalamtes, den Raum 110 betrat. Der oberste Beamte dieser Behörde hatte es sich nicht nehmen lassen, einige Worte an die nahezu vollständig erschienenen Ermittlerteams zu richten.

Diese Abschlussveranstaltung im LKA war sozusagen das große Finale im Mordfall Anna-Lena Bauer, der nach 25 Jahren vollständig aufgeklärt werden konnte.

„Meine sehr verehrten Kolleginnen und Kollegen! Vor einigen Tagen wurde ich von Kriminalrat Beckstein darüber informiert, dass durch Ihre unermüdliche Ermittlungsarbeit der Cold-Case zum Mordfall Anna-Lena Bauer aus dem Jahre 1985 zum erfolgreichen Abschluss gebracht werden konnte.

Für Ihr vorbildliches Engagement möchte ich Ihnen daher ganz herzlich danken. Es hat sich wieder einmal gezeigt, dass Ausdauer, Professionalität und sicherlich auch etwas Glück letztlich zum Ziel führen. An den Presseveröffentlichungen zu diesem Mordfall wurde in den vergangenen Wochen und Monaten erneut zweierlei sehr deutlich. Zum einen, wie enorm hoch die Erwartungshaltung Ihnen gegenüber war, den Täter zu überführen. Zum anderen konnten wir auch feststellen, wie stark nach wie vor die Anteilnahme der Bevölkerung an diesem Cold-Case war.

In diesem Spannungsfeld, dem Sie, verehrte Kolleginnen und Kollegen ständig ausgesetzt waren, haben Sie eindrucksvoll bewiesen, wie gut Sie Ihr Handwerk beherrschen. Stets haben Sie sich mit kühlem Kopf und unbeirrt von durchaus auch kritischen Meldungen in der Tagespresse an Ihren Auftrag gehalten. Dafür spreche ich jedem einzelnen von Ihnen mein Lob und meine Anerkennung aus."

Die Anwesenden applaudierten nach der kurzen Dankesrede des Präsidenten, der sich daraufhin zur routinemäßigen Lagebesprechung im Innenministerium der niedersächsischen Landeshauptstadt verabschiedete.

Die eigentliche Arbeit während dieser Abschlussveranstaltung stand nun unmittelbar bevor.

Beckstein hatte es wegen einiger Besonderheiten im Verlaufe der Ermittlungen zu diesem Fall für unabdingbar gehalten, nachträglich den Tatablauf zu rekonstruieren und die entscheidenden Ermittlungsstrategien vorzustellen.

„Bevor wir den Cold-Case Anna-Lena nun endgültig schließen und die Ermittlungsakten an die zuständige Staatsanwaltschaft zur Klageerhebung übergeben, darf ich die Verantwortlichen um ihren Vortrag der Kernaussagen bitten."

Derartige Abschlussveranstaltungen waren von großer Bedeutung. Durch die unterschiedlichen Ermittlungsrichtungen und -ansätze kannte natürlich nicht jedes Teammitglied zwangsläufig auch jedes Detail der jeweils anderen Ermittlungsgruppe. Einzig und allein ein erweiterter Informationsaustausch brachte den gewünschten Synergieeffekt. Darauf legte Kriminalrat Beckstein stets größten Wert. Nach Ansicht von Insidern war es sein geheimes Erfolgsrezept, das ihm in der Vergangenheit zu großer Anerkennung verholfen hatte.

Der Leiter der Cold-Case-Unit forderte per Handzeichen Kriminalhauptkommissar Hinrichs dazu auf, die Vortragsrunde zu eröffnen.

„Werte Kolleginnen und Kollegen. Wie in unserer Tagesordnung festgelegt, werde ich in meinen Ausführungen insbesondere auf das Tatgeschehen und den Tattag eingehen", kündigte Hinrichs an.

„Im Anschluss daran folgen noch einige Anmerkungen zu den erzielten Ermittlungsergebnissen; immer unter dem Aspekt der zuvor festgelegten Strategien."

Hinrichs begann wenige Augenblicke später mit seinem Vortrag:

„Wie unsere umfangreichen Ermittlungen ergeben haben, hatte sich Alex Subitz, der mutmaßliche Mörder der 17-jährigen Anna-Lena Bauer, für einige Tage im Hotel ‚Harzer Fenster' in Vienenburg einquartiert.

Er hatte von dort aus an einer fünf Tage dauernden Fortbildung in Goslar-Jürgenohl teilgenommen. Von seinem Hotel bis zum Schulungsort waren es mit dem Auto exakt 10,4 Kilometer, was, je nach Verkehrsaufkommen, circa 15 Minuten Fahrzeit in Anspruch nahm.

Subitz war mit seinem eigenen PKW, einer BMW-Limousine vom Typ M535i, angereist und benutzte den hoteleigenen Parkplatz.

Nebenbei bemerkt handelte es sich bei diesem Fahrzeugtyp um eine Sechszylinder-Limousine mit 3,5 Litern Hubraum und 280 Pferdestärken unter der Motorhaube.

Für dieses Fahrzeug musste man in den achtziger Jahren in der Grundausstattung sage und schreibe knapp 50.000 DM auf den Tisch legen.

Das in den Jahren 1984 bis 1987 produzierte Flagg-schiff von BMW wurde in einer vergleichsweise geringen Stückzahl von nur 37.000 Exemplaren für den europäischen und nordafrikanischen Markt produziert.

Allein die Wahl eines solchen Fahrzeugs lässt auf bestimmte Wertvorstellungen des dringend Tatverdächtigen schließen. Er hatte schon einen extravaganten Geschmack, wie seine Vorliebe für teure Autos zeigt.

Dass Subitz als junger Mann von gerade 25 Jahren offenbar über erhebliche finanzielle Mittel verfügte, zeigt dieses Beispiel. Für damalige Verhältnisse lebte er auf sehr großem Fuß.

Aber auch bei Fahrzeugen der Luxusklasse ist man nicht davor gefeit, mit einem technischen Defekt konfrontiert zu werden. Und so war es auch bei dem Fahrzeug von Subitz: Während seines Aufenthaltes stellte er einen Getriebeschaden an seinem Fahrzeug fest. Kurzentschlossen gab er seinen weißen BMW zur Reparatur in eine Fachwerkstatt. Als Ersatz erhielt er einen baugleichen Wagen, jedoch mit Lackierung in Anthrazit. Dieses Fahrzeug wurde ihm von einem Autohaus im 30 Kilometer entfernten Wolfenbüttel bereitgestellt. Daher fuhr er zur Fortbildung an den letzten drei Tagen mit einem schwarzen Fahrzeug, wie es von einer Zeugin beschrieben worden war.

Am Abend des vorletzten Tages seines Aufenthaltes befand sich Subitz offensichtlich auf der Rückfahrt von einem Abschlussessen mit den Fortbildungsteilnehmern. Gegen 22.15 Uhr fuhr er durch den Ortskern von Harlingerode und traf dabei auf Anna-Lena Bauer."

Der Vortragende machte eine kurze Pause von wenigen Sekunden. Im Vortragsraum herrschte absolute Stille. Hinrichs setzte mit seinen Ausführungen fort.

„Subitz schien sich offensichtlich spontan entschlossen zu haben, Anna-Lena Bauer in sein Fahrzeug einsteigen zu lassen. Aber statt sie in den Nachbarort zur Wohnung ihrer Eltern zu bringen, verließ er bereits am Ortsausgang von Harlingerode die eigentliche Fahrtroute. Spätestens ab diesem Zeitpunkt dürfte Anna-Lena klar geworden sein, in welcher gefährlichen Situation sie sich plötzlich befand.

Nach Aussagen des Tatverdächtigen soll sich Anna-Lena gegen eine Weiterfahrt mit ihm gewehrt haben, zunächst verbal, dann auch körperlich, soweit es ihr bei ihrer schmächtigen Statur überhaupt möglich war.

Subitz fuhr mit dem späteren Opfer noch eine Strecke von knapp einem Kilometer. In einem angrenzenden Waldstück parkte er das Fahrzeug und verging sich mehrmals an Anna-Lena. Laut Aussage des Beschuldigten erfolgte die Tatbegehung sowohl im als auch außerhalb des Fahrzeugs.

Subitz gab weiterhin zu Protokoll, dass sich Anna-Lena dabei heftig zur Wehr gesetzt habe und er dadurch große Mühe hatte, ihre Flucht zu verhindern.

Im Verlaufe der fortdauernden körperlichen Gegenwehr des Opfers, hatte Subitz irgendwann die Kontrolle über die Situation verloren.

Aus Angst, einerseits von seinem Opfer sichtbare Verletzungen davonzutragen, und andererseits bei der Polizei angezeigt zu werden, kam es dann zur Tötung der Anhalterin Anna-Lena Bauer.

Laut Vernehmungsprotokoll befand sich das Opfer zu diesem Zeitpunkt im Fahrzeug. Subitz habe die Schreie seines Opfers nicht mehr länger ertragen können. Die Situation wollte er möglichst rasch beenden. Subitz gab weiter zu Protokoll, er habe keine andere Alternative gesehen, als Anna-Lena Bauer zu erdrosseln. Weitere Details sind dem Obduktionsbericht zu entnehmen.

Nach der Tat legte Subitz sein Opfer nur wenige Meter vom Tatfahrzeug entfernt in einer Erdmulde ab. Er bedeckte es behelfsmäßig mit Laub und einigen Ästen und verließ den Tatort in Richtung Hotel.

Laut Subitz dauerte das Zusammentreffen mit Anna-Lena Bauer nicht länger als 90 Minuten. Aus dem Vernehmungsprotokoll ist weiter zu entnehmen, dass er das Fahrzeug so gründlich wie möglich reinigte, um keine Spuren zu hinterlassen. Seinen Angaben zufolge fuhr er dazu frühmorgens an eine nahegelegene Tankstelle.

Danach lieferte er das Tatfahrzeug beim Autohaus ab und übernahm seinen inzwischen reparierten BMW. Dadurch war natürlich das Tatfahrzeug als wichtigstes Beweismittel mit allen noch auswertbaren Spuren von Täter und Opfer nicht mehr vorhanden.

Am frühen Nachmittag desselben Tages verließ Subitz diesen Ort, da die Fortbildung beendet war.

Der Hauptverdächtige und mutmaßliche Täter ging fest davon aus, er würde unentdeckt bleiben.

Den Ermittlungsprotokollen nach gab es für die Tatausführung im genannten Waldstück keinerlei Zeugen.

Lediglich eine Zeugenaussage einer älteren Dame, die mit ihrem Hund Gassi gegangen war, fand sich in den Akten wieder. Sie will beobachtet haben, wie eine Person, vermutlich das spätere Mordopfer, unmittelbar an der Bushaltestelle ´Marktplatz´ in einen dunklen oder schwarzen PKW gestiegen sein soll. Leider war die Zeugin noch zu weit entfernt gewesen, um weitere Details zu erkennen. Sie gab weiter zu Protokoll, es habe sich um eine junge Frau gehandelt. Sie sei nach einem kurzen Wortwechsel mit dem Fahrzeugführer in das Fahrzeug gestiegen, das dann auch sofort davonfuhr.

Wir verfügen außerdem über einen weiteren eindeutigen Beweis, dass Subitz sich in der Nähe des Tatortes befunden hatte: das Foto einer Geschwindigkeitsüberwachungsanlage. Dieses Foto haben wir erst nach erneuter Anforderung von der Goslarer Verkehrsabteilung erhalten.

Alex Subitz ist darauf zweifelsfrei zu erkennen. Gegen 23.55 Uhr – so der Zeitstempel auf diesem Foto – war Subitz bereits zwei Kilometer von seinem Hotel entfernt.

Diese Aufnahme entstand offensichtlich kurz nachdem er Anna-Lena-Bauer getötet hatte. Alex Subitz war allein im Fahrzeug. Die Einblendungen auf diesem Blitzerfoto zeigen, dass die Geschwindigkeit des Fahrzeugs nicht ermittelt werden konnte. Subitz muss also zum Zeitpunkt der Aufnahme entweder stark beschleunigt oder abgebremst haben. Nur in diesen Fällen wird die ermittelte Geschwindigkeit vom System verworfen.

Das Foto landete automatisch im Archiv, da es nicht verwertbar war.

Aus diesem Grunde erhielt die Verleihfirma als Fahrzeughalter keine Post von der Verkehrsbehörde."

Durch den Vortragsraum ging ein Raunen. Den Anwesenden war anzumerken, dass sie ahnten, wie nahe die Ermittler damals vor der Aufklärung des Falles gewesen sein mussten.

„Verehrte Kolleginnen und Kollegen", fuhr Hinrichs mit seinen Ausführungen fort.

„Ich komme nun zu einem weiteren sehr interessanten Aspekt. Im Zuge der routinemäßigen Kontrolle von Meldelisten diverser Hotels im Umkreis des Tatorts erhielt auch Alex Subitz nur wenige Wochen nach Verschwinden der Anna-Lena Bauer von den ermittelnden Beamten eine Vorladung. Er wurde darin aufgefordert, sein Fahrzeug zwecks Überprüfung in einer Strafsache vorzuführen. Alex Subitz kam der Aufforderung nach. Er gab damals auch bereitwillig zu Protokoll, dass er in der fraglichen Zeit mit seinem Fahrzeug in der Nähe des Tatortes unterwegs gewesen war, weil er eine mehrtägige Fortbildung besucht hatte. So weit, so gut, könnte man meinen."

Kriminalhauptkommissar Hinrichs hielt für einige Augenblicke inne, als wollte er dadurch die Spannung bei seinen Kollegen steigern.

„Tja, verehrte Kolleginnen und Kollegen. Als Subitz seinen Wagen vorführte, stellten die Kollegen dann aber fest, dass es sich um ein weiß lackiertes Fahrzeug handelte. Sie nahmen es zwar routinemäßig in Augenschein, schlossen das Protokoll jedoch vorschnell mit dem abschließenden Vermerk: Täterbezug nicht erkennbar,

Zeugenaussagen glaubwürdig, Fahrzeug in weißer Lackierung, stimmt mit der Farbe des gesuchten Tatfahrzeuges – schwarz – nicht überein.

Ich mag es kaum aussprechen. Laut Aktenlage war es wohl so, dass Subitz allein aufgrund der Farbe seines Fahrzeuges als Tatverdächtiger ausgeschlossen wurde. Und dies für sehr lange Zeit, wie wir im Nachhinein feststellen mussten.

Die Kollegen hatten damals auch keine rechtliche Handhabe, dem Zeugen Subitz Fingerabdrücke abzunehmen. Die Möglichkeit dazu hätte durchaus bestanden, zumal Fingerspuren des Täters an den persönlichen Gegenständen des Opfers sichergestellt wurden.

Für die Ermittler haben sich damals auch keinerlei Hinweise auf eine Tatbeteiligung ergeben, weil sich der Zeuge Subitz während der Befragung absolut glaubwürdig und unverdächtig verhalten hatte. Es gelang ihm offenbar, die Nerven zu behalten und sich in seinen Aussagen nicht zu widersprechen. So kamen, aus Sicht der Ermittler, keinerlei Zweifel auf, die aus Subitz einen Tatverdächtigen gemacht hätten.

Zusammenfassend halte ich einmal fest: Nach heutigem Stand der Technik wäre unser Hauptverdächtiger innerhalb von wenigen Wochen gefasst worden, dessen bin ich mir sicher. Die Kollegen, die damals ermittelten, haben sicherlich alle Möglichkeiten ausgeschöpft, die ihnen zur Verfügung standen. Dennoch: Es hätte nach dem Ausschlussverfahren zwangsläufig auch ein daktyloskopischer Abgleich von allen in Frage kommenden Personen – also auch Subitz – erfolgen müssen.

Warum dies von den verantwortlichen Ermittlern unterlassen wurde, konnten wir im Nachhinein, mehr als 25 Jahre nach der Tatbegehung, natürlich nicht mehr klären.

Soweit zunächst meine Ausführungen zum Tathergang und zu den damaligen Ermittlungsansätzen, die leider nicht zum Erfolg geführt hatten."

Es herrschte betretenes Schweigen. Die Anwesenden hatten aufmerksam zugehört. Für einige Ermittler war es neu gewesen, dass der mutmaßliche Mörder von Anna-Lena Bauer trotz Vorladung durch die Ermittlungsbehörde nicht als Täter identifiziert worden war.

Im Grunde war die späte Identifizierung von Alex Subitz als Täter nur einem glücklichen Zufall zu verdanken gewesen.

Kriminalhauptkommissar Hinrichs kam nun zum Themenschwerpunkt DNA-Analyse-Auswertung.

„Tja, meine verehrten Kolleginnen und Kollegen, wie das Schicksal manchmal so spielt: Alex Subitz blieb nach der oben geschilderten Vernehmung tatsächlich noch 25 Jahre auf freiem Fuß. Und er wäre mit hoher Wahrscheinlichkeit nie überführt worden, würden wir nicht inzwischen über Hightech-Analyseverfahren zur Untersuchung der menschlichen DNA verfügen.

Bevor ich fortfahre, möchte ich es nicht versäumen, unserem geschätzten Kriminologen und Profiler Dr. Eberhardt Schuster ausdrücklich dafür zu danken, dass er uns den alles entscheidenden Hinweis lieferte, der schließlich zur Festnahme des mutmaßlichen Mörders von Anna-Lena Bauer führte.

Dieser Hinweis bestand nämlich darin, dass wir unbedingt auch die nichtbehördlichen DNA-Datenbanken bei unseren Ermittlungen berücksichtigen sollten.

Wie Ihnen ja bekannt ist, wurde das Trefferergebnis durch einen technisch sehr aufwändigen Datenabgleich erzielt. Wir hatten unser Auswerte- und Analyse-Tool mit der zurzeit wohl größten nichtbehördlichen Datenbank Deutschlands gekoppelt.

Nach etwas mehr als sieben Stunden meldete das System wirklich einen Treffer. Uns standen 3,5 Millionen Datensätze zur Verfügung; die Treffermeldung erfolgte nach ungefähr 1,8 Millionen überprüfter Datensätze.

Erlauben Sie mir bitte zum besseren Verständnis noch einige Anmerkungen zu den ‚nichtbehördlichen DNA-Datenbanken‘.

In Deutschland hat sich seit einigen Jahren ein Geschäftszweig etabliert, der sich auf die Auswertung und Analyse menschlicher DNA spezialisiert hat. Jede Privatperson kann sich an solch eine Firma wenden und dort ihre DNA zum Beispiel in der klassischen Form einer Speichelprobe abliefern. Was man dann nach circa drei Wochen erhält, sind umfangreiche Informationen über die eigenen Vorfahren, über Abstammung und Herkunft. Diese Dienstleistung, die herauszufinden ermöglicht, welche Erbanteile man besitzt, scheint seit einiger Zeit ein regelrechter Hype zu sein. Das eigene Erbgut zu recherchieren ist ja für sich gesehen durchaus auch sehr interessant, und es mag vielleicht auch mit der einen oder anderen Überraschung verbunden sein.

Wir als Ermittlungsbehörde konnten uns diesen Datenbestand zunutze machen und mit unserer Täter-DNA abgleichen. Über die weiteren Angaben der Treffermeldung erhielten wir automatisch den Familiennamen unseres Hauptverdächtigen: Subitz. Auftraggeber für diese DNA-Untersuchung war aber nicht Alex Subitz gewesen. Es war vielmehr seine Ehefrau Katharina.

Sie hatte ihrem Ehemann eine ganz besondere Freude zum Geburtstag bereiten und ihn mit einem absolut ausgefallenen Geschenk überraschen wollen. Dies ist ihr in gewisser Weise ja auch gelungen. Doch letztlich wurde es für Alex Subitz ein verhängnisvolles Geschenk.

Welche Folgen ihre Idee nach sich ziehen würde, hatte sie nicht ahnen können. Sie hatte der Life-DNA-Company in Hamburg eine DNA-Probe ihres Mannes in Form winziger Hautpartikel zugeschickt.

Wenn Sie so wollen, hat die Ehefrau des mutmaßlichen Mörders von Anna-Lena Bauer nichtsahnend ihren Mann an die Ermittlungsbehörden ausgeliefert. Oder anders ausgedrückt: Sie hat uns, bildlich gesprochen, den Mörder ‚auf dem goldenen Tablett serviert' – ohne dies natürlich zu wissen.

Aber woher auch? Katharina Subitz lebte seit Jahren mit ihrem Mann und den beiden Töchtern ein mehr oder weniger normales und unauffälliges Leben. Allerdings ein ausgesprochen luxuriöses Leben.

Und damit komme ich zum Ergebnis der Hausdurchsuchung im Stadtteil Hannover-Kleefeld, genauer gesagt im Akazienweg 12.

Bei dem Objekt handelt es sich um eine Villa, was für diesen Stadtteil ja nichts Außergewöhnliches ist.

Zeitweilig haben an der Durchsuchung mehr als zwei Dutzend Ermittlungsbeamte teilgenommen. Die Aktion dauerte zwei Tage. Unter den sichergestellten Gegenständen befanden sich einige, auf die ich näher eingehen möchte.

Im Arbeitszimmer des Tatverdächtigen konnten wir in einer Art Geheimfach den Personalausweis von Anna-Lena Bauer sicherstellen. Außerdem eine Halskette aus Silber mit dem Sternzeichen des Opfers. Diese konnte zweifelsfrei Anna-Lena zugeordnet werden, ebenso ein Armband, das sichergestellt wurde. Sämtliche Gegenstände befanden sich in der Handtasche von Anna-Lena. Diese hatte Subitz an sich genommen.

Die Auswertung des Terminkalenders von Subitz lieferte uns den Hinweis, dass er sich seit einigen Monaten in psychotherapeutischer Behandlung befand. Seine Therapeutin sicherte uns jegliche Unterstützung zu. Sie gab an, aus Gründen der ärztlichen Schweigepflicht, sich jedoch ausschließlich den gerichtlich bestellten Gutachtern gegenüber zum Fall Subitz zu äußern.

Des Weiteren wurden handschriftliche Aufzeichnungen beschlagnahmt, die Subitz zum Tatgeschehen angefertigt hatte. Sie lieferten aber keine konkreten Hinweise zum wirklichen Tatmotiv. Das ist uns Subitz bis heute schuldig geblieben. Es ist nach wie vor nicht klar, warum er zum Mörder wurde, was ihn letztlich dazu brachte, einen Menschen zu töten.

Ein sichergestellter Computer wurde auf tatrelevante Hinweise untersucht. Die Überprüfung ergab, dass Alex Subitz sich seit geraumer Zeit sehr intensiv mit dem Thema DNA-Analyse-Verfahren beschäftigt hatte. Unter den abgespeicherten Videosequenzen befanden sich Dutzende Ausgaben der bekannten Fahndungssendung ´Aktenzeichen XY ungelöst´. Offenbar hatte Subitz befürchtet, die Ermittlungsbehörden könnten ihm auf der Spur sein.

Wir konfrontierten Subitz mit den sichergestellten Gegenständen. Nach anfänglichem Leugnen machte er sehr unklare, beziehungsweise vage Aussagen dazu. Er wollte sich nach so vielen Jahren nicht mehr daran erinnern können, was damals genau passiert war. Wie erwähnt, ein eindeutiges Motiv konnten wir seinen Schilderungen bisher nicht entnehmen.

An dieser Stelle möchte ich kurz auf die Zuschauerreaktionen der Sendung Aktenzeichen XY – ungelöst eingehen, die vor 14 Tagen ausgestrahlt worden ist. Kollege Beckstein hatte sich zum Mordfall Anna-Lena insbesondere zu den sichergestellten Gegenständen und dem Tatfahrzeug in einem Fahndungsaufruf nochmals an die Öffentlichkeit gewandt.

Einzig zu der sichergestellten Halskette hatte sich ein Zuschauer gemeldet und behauptet, er würde dieses Schmuckstück kennen. Als Mitarbeiter einer Autoverleihfirma hatte er die Halskette im Fahrzeuginneren einer BMW-Limousine vorgefunden, als er das Fahrzeug für den Wiederverleih herrichten wollte. Er habe nach seinen Angaben die Halskette dem letzten Kunden, also

Subitz, per Post zugeschickt. Subitz habe damals glaubhaft versichert, dass es die Kette seiner Freundin sei. Niemand von uns hätte doch jemals geglaubt, dass es eine Zeugenaussage geben könnte, die sich auf ein Verbrechen bezieht, das mehr als 25 Jahre zurückliegt. Wir waren auch über die Qualität der Zeugenaussage einigermaßen überrascht, muss ich ehrlich zugeben.

Ich komme nun zum Schluss meiner Ausführungen:

Nach den uns heute vorliegenden Erkenntnissen gehen wir davon aus, dass es sich bei Anna-Lena Bauer um ein Zufallsopfer gehandelt haben musste. Sie hatte sich zum falschen Zeitpunkt am falschen Ort aufgehalten. Es hätte auch jemand anderen treffen können. Aber darüber zu spekulieren sollte nicht unsere Aufgabe sein. Mit dieser Art von Fragestellungen werden sich demnächst Gutachter beschäftigen müssen.

In diesem Zusammenhang möchte ich noch darauf hinweisen, dass die Aussagen der Ehefrau Katharina Subitz keinerlei Hinweise auf Täterwissen lieferten. Wir haben es hier mit dem klassischen Fall einer, zumindest nach außen hin, gut funktionierenden Ehe und harmonischen Familie zu tun.

Der vielzitierte treusorgende und fürsorgliche Ehemann, der Vater zweier kleiner Töchter, war auch der sprichwörtlich nette Nachbar von nebenan. Aber er war, wie wir heute annehmen müssen, eben auch der Mörder einer damals 17-jährigen Anhalterin.

Abschließend sei noch erwähnt:

In der Untersuchungshaft hat Alex Subitz als dringend Tatverdächtiger seine Angaben zum Sachverhalt nahezu vollständig widerrufen. Angaben zur Tat werde er nur noch gegenüber seinem Verteidiger machen."

Mit diesem Hinweis beendete Kriminalhauptkommissar Hinrichs seinen Vortrag.

Kriminalrat Beckstein bedankte sich für die Ausführungen und verkündete damit das offizielle Ende der Ermittlungen im Mordfall Anna-Lena Bauer.

Als Beckstein in sein Büro zurückgekehrt die letzten drei Stunden noch einmal Revue passieren ließ, betrat seine Sekretärin den Raum. Sie reichte ihm einen Briefumschlag mit dem Absender Erwin Bauer.

Die Nachricht darin enthielt nur einen Satz:

„Meine Ehefrau Josephine Bauer – Mutter von Anna-Lena Bauer – ist vor drei Tagen an einem plötzlichen Herzversagen gestorben."

Beckstein legte die Nachricht in die oberste Ermittlungsakte der „SOKO Anna-Lena" und verließ daraufhin fluchtartig sein Büro.

Noch am selben Tage wurden sämtliche Akten zur Erhebung der Anklage im Mordfall Anna-Lena Bauer an die zuständige Staatsanwaltschaft in Braunschweig weitergeleitet.

Das Urteil

Frühmorgens gegen Viertel nach sieben fanden sich die ersten Besucher vor dem Haupteingang des Landgerichts in Braunschweig ein. Als um halb neun die Einlasskontrolle begann, bildete sich eine Schlange von Wartenden, die bis zum angrenzenden Parkplatz reichte. Sie alle hatten den gleichen Termin in ihrem Kalender vermerkt: Mordfall Anna-Lena B. – Urteilsverkündung.

In den vorangegangenen fünf Verhandlungstagen waren alle Indizien und Beweise zu diesem Verbrechen erörtert worden. Nicht weniger als drei Gutachter hatten den mutmaßlichen Mörder psychiatrisch begutachtet um herauszufinden, mit welcher Persönlichkeitsstruktur bzw. welcher Art von Persönlichkeitsstörung sie es zu tun hatten. Was hatte Alex Subitz zum Mörder werden lassen, einem offenbar kaltblütigen Mörder, der eine Anhalterin entführt hatte, um sie dann mehrfach zu missbrauchen und anschließend zu töten?

Aber ließ sich dieses Verbrechen wirklich so einfach kategorisieren? Steckte nicht doch mehr dahinter, was den zur Tatzeit erst 25-jährigen zu einem Gewalttäter gemacht hatte?

In reißerischen Presseberichten war mit Vorverurteilungen und Vorurteilen nicht gerade sparsam, und schon gar nicht zimperlich umgegangen worden. Schlagzeilen wie „Triebgesteuerter Sex-Mörder unterwegs" oder „Brutaler Vergewaltiger – eine gewissenlose Sex-Bestie fiel über 17-jährige Anhalterin her" sorgten für hohe Auflagen. Selbst der Ruf nach Wiedereinführung der Todesstrafe war zeitweise thematisiert worden.

Die regionalen und bundesweiten Medienhäuser konnten erwartungsgemäß, zumindest vorübergehend, einen sprunghaften Anstieg der Verkaufszahlen ihrer Blätter verzeichnen.

Und an diesem Vormittag erwarteten sich die Zuhörer ein hartes Urteil des hohen Gerichts nach all dem, was zuvor über einschlägige Medien verbreitet worden war.

Der Sitzungssaal 211 des Landgerichts war bis auf den letzten Platz besetzt. Es kam zeitweilig zu tumultartigen Szenen, weil einige Besucher meinten, sie müssten andere als die ihnen zugewiesenen Plätze einnehmen. Jeder wollte so nah wie möglich am Geschehen sein.

Gegen 9.40 Uhr betrat mit zehnminütiger Verspätung der Vorsitzende Richter Manfred Waagemann den Gerichtssaal, gefolgt von Schöffen und Protokollanten. Die Pressevertreter wurden aufgefordert, ihre Ton- und Bildaufzeichnungen zu beenden. An die Besucher ging die Bitte, während dieser Sitzung weder Film- noch Bildaufnahmen anzufertigen. Nun endlich wandte sich der Vorsitzende Richter mit einem Hinweis an die Anwesenden.

„Der Beginn der Sitzung wird sich um wenige Minuten verzögern, da wir noch auf den leitenden Staatsanwalt und auf den Beschuldigten mit seinem Strafverteidiger warten."

Es war eine eher ungewöhnliche Situation, und das veranlasste die Anwesenden zu wilden Spekulationen. Warum es zu dieser Verzögerung überhaupt kam, blieb völlig unklar.

Ein Raunen ging durch den Saal, als endlich zunächst der Verteidiger mit dem Angeklagten Alex Subitz den

Gerichtsaal betrat. Wenige Augenblicke danach erschien der leitende Staatsanwalt. Mit jedem Augenblick schien sich die Spannung zu steigern. Der Verteidiger tauschte noch kurz einige Worte mit Subitz aus.

Mit exakt dreizehn Minuten Verspätung eröffnete der Vorsitzende Richter Manfred Waagemann die Sitzung, nicht ohne zuvor die Verspäteten mit einem vorwurfsvollen Blick bedacht zu haben.

„Die Sitzung in der Strafsache mit dem Aktenzeichen 5523 CC 2010 ist hiermit eröffnet.

Ich bitte die Anwesenden, sich zur Urteilsverkündung von den Plätzen zu erheben!

Im Namen des Volkes ergeht folgendes Urteil:

Der Angeklagte Alex-Kurt Subitz, geboren am 10. Mai 1960 in Neuwied, zuletzt wohnhaft in Hannover-Kleefeld, wird wegen Mordes an der zur Tatzeit 17-jährigen Anna-Lena Bauer gemäß Paragraph 211 Absatz 2 StGB in Tateinheit mit Vergewaltigung, Paragraph 177 Absatz Satz 1 StGB, und Entführung, Paragraph 239 Absatz 4, ebenfalls StGB, zu einer Gesamtstrafe von 15 Jahren und 8 Monaten verurteilt.

Die ersten sechs Monate der Haft wird der Verurteilte in einem psychiatrischen Krankenhaus untergebracht. Die verbleibende Haftzeit hat der Verurteilte im Regelmaßvollzug zu verbringen.

Des Weiteren ist nach Ablauf von 15 Jahren und unter Vorbehalt nach erfolgter Gefährdungseinschätzung beziehungsweise erneuter Begutachtung durch einen Sachverständigen die Sicherungsverwahrung anzuwenden. Darüber hinaus hat der Verurteilte dem Nebenkläger einmalig eine Entschädigungszahlung in Höhe von 150.000 Euro aus seinem Privatvermögen zu leisten.

Des Weiteren trägt der Verurteilte sämtliche Verfahrenskosten; insbesondere die Auslagen der eingesetzten Gutachter. Der bestehende Beschluss des Haftbefehls bleibt aufrechterhalten, die unverzügliche Fortsetzung der Haft bis zur Unterbringung in einem psychiatrischen Krankenhaus ist hiermit angeordnet.

Gegen dieses Urteil ist keine Revision zulässig, sodass die Rechtswirksamkeit dieses Urteilsspruches mit heutigem Tag als rechtkräftig anzusehen ist.

Bitte nehmen Sie Platz!"

Mit erstarrter Miene und kopfschüttelnd schaute Alex Subitz seinen Verteidiger an. Dieser erwiderte den Blick; seine Mimik schien wortlos zu signalisieren: „Mehr war einfach nicht drin, geringer hätte das Urteil nach vorhandener Sach- und Beweislage nicht ausfallen können."

Ungeachtet dessen, dass die Anwesenden sich über den Urteilsspruch lautstark austauschten, begann der Vorsitzende Richter mit weiteren Ausführungen zum Urteil.

„Zur Urteilsbegründung: Das Gericht und insbesondere die bestellten Gutachter haben alle in Frage kommenden Aspekte zu ergründen versucht, die zu dieser Gewalttat geführt haben.

Dabei stellte sich zunächst einmal grundsätzlich die Frage, ob der dringend Tatverdächtige zum Tatzeitpunkt überhaupt voll schuldfähig war. Nach eingehender Prüfung der zu berücksichtigenden Umstände kam das Gericht zum Schluss, dass eine verminderte Schuldfähigkeit auszuschließen war. Die Gesamtstrafe wäre dann neu festzusetzen gewesen.

Zwei voneinander unabhängige Gutachter sind zu der Auffassung gelangt, dass der Angeklagte zum Tatzeitpunkt und, präziser noch, während des Tatablaufes uneingeschränkt zurechnungsfähig, also voll strafmündig war. Die von den Gutachtern festgestellte und bereits manifestierte Impulskontrollstörung mag dazu beigetragen haben, dass der Beschuldigte unmittelbar während der Tatausführung keine Kontrolle mehr über die Situation hatte.

Die Gutachter kamen in diesem Punkt ebenfalls zu dem Schluss, dass mit hoher Wahrscheinlichkeit der zeitweilige, also vorübergehende Kontrollverlust, während der Tatbegehung bis zu dem Zeitpunkt, an dem der Angeklagte die junge Frau bereits getötet hatte, tatsächlich vorgelegen hatte.

Darüber hinaus diagnostizierten die Gutachter beim Angeklagten eine latente aber ausgeprägte sogenannte Aggressionsverschiebung. Sie hatte nach Auffassung der gerichtlich bestellten Psychiater maßgeblichen Einfluss auf die Art der Tatausführung. Das vom Angeklagten ausgeübte äußerst aggressive Handeln gegenüber seinem schwächeren Opfer – einer Art Stellvertreterobjekt – wurde dabei als typisches Verhaltensmuster gewertet.

Im Gutachten wurde daher besonders darauf hingewiesen, dass der Angeklagte, wie im Urteil beschrieben, die ersten sechs Monate in einem psychiatrischen Krankenhaus verbringen soll.

Aus dem Gutachten geht ebenfalls hervor, dass beim Angeklagten ein erhöhtes Risiko des Suizids besteht. Von daher gesehen musste das Gericht auch etwas zum Schutze des Angeklagten unternehmen. Nicht zuletzt wurde in diese Überlegungen auch der Aspekt der Sicherheit für die Mitgefangenen im normalen Strafvollzug einbezogen.

Der Angeklagte hatte weitaus früher und bei noch klarem Verstand und freiem Handlungswillen den Entschluss gefasst, diese Tat zu begehen. Und dies allein hatte das Gericht für die Festlegung der Höhe des Strafmaßes letztlich zu Grunde zu legen. Darauf kam es dem Gericht insbesondere an.

Herr Subitz, Sie allein hatten es in der Hand, es gar nicht erst zu dieser Tat kommen zu lassen. So hätten Sie vom vorgesehenen Fahrtverlauf zum Wohnort der Eltern der Anna-Lena Bauer nicht abweichen dürfen und müssen. Niemand hatte Sie dazu gezwungen. Es lag auch kein vernünftiger und nachvollziehbarer Grund dafür vor. Sie haben es aber dennoch getan, weil Sie es von sich aus so beschlossen hatten. Weil Sie es so wollten. Dies nennt man im Strafrecht vorsätzliches Handeln; also bewusst, mit Wissen und Wollen, etwas zu tun.

Insbesondere zum Strafmaß seien noch folgende Ausführungen zur Erklärung wichtig:

Das Gericht ist der Forderung der Staatsanwaltschaft gänzlich gefolgt und hat die Höchststrafe von 15 Jahren plus weitere acht Monate ausgesprochen. Dem Antrag der Verteidigung auf Strafmaßminderung auf insgesamt acht Jahre Freiheitsentzug konnte das Gericht nicht folgen. Das betrifft gleichermaßen den Antrag, die Schadensersatzzahlung an die hinterbliebenen Eltern des Opfers von 150.000 auf 20.000 Euro zu reduzieren. Das Gericht sieht es als durchaus angemessen an, diesen Betrag von Ihnen zu fordern, da Sie über ein Mehrfaches an Privatvermögen verfügen. Dies gilt ebenso vollumfänglich für die von Ihnen zu erstattenden Verfahrens- und Gerichtskosten einschließlich der Gutachterkosten, wie Sie es bereits in der Urteilsverkündung vernehmen konnten.

Was die Option der anschließenden Sicherungsverwahrung angeht, verweise ich in diesem Zusammenhang ebenfalls auf die erstellten Gutachten. Niemand kann mit Sicherheit die Frage beantworten, inwieweit Sie nach Ablauf der Gesamtstrafe für sich und die Allgemeinheit noch eine Gefahr darstellen. Wir müssten heute in eine Glaskugel schauen, was ich jedoch gern anderen überlassen möchte. Darüber wird also zu einem sehr viel späteren Zeitpunkt noch zu entscheiden sein.

Über die Möglichkeit, Rechtsmittel gegen dieses Urteil einzulegen, sei nur so viel gesagt:

Aufgrund der Beweislast und der Indizien, die Sie eindeutig und alleinig in Zusammenhang mit der Tat bringen, verwirft das Gericht die Möglichkeit der Beschwerde beziehungsweise der Berufung und Revision in der nächsthöheren Instanz. Das Urteil ist daher mit dem heutigen Tage, wie ebenfalls in der Urteilsverkündung genannt, als rechtskräftig anzusehen.

Herr Subitz, Ihnen mag dieses Strafmaß vielleicht überzogen und unangemessen erscheinen. Angesichts der Folgen und weitreichenden Konsequenzen, die das von Ihnen verübte Verbrechen verursacht haben, ist es zweifelsfrei angemessen. Ich betone noch einmal: dass die Tat mehr als 25 Jahre zurückliegt, hat für die Bemessung der Gesamtstrafe keinerlei Rolle gespielt.

Sie haben die Voraussetzungen für den Paragraphen 211 Abs. 2 des Strafgesetzbuches erfüllt und sind somit wegen Mordes verurteilt worden. Sie haben im Konkreten einen Menschen getötet, um eine andere nicht unerhebliche Straftat zu vertuschen und sich der Strafverfolgung zu entziehen. So lautet die Interpretation des Gesetzestextes, die zwingend angewendet werden musste. Und im Übrigen: Mord verjährt nicht! All diese Fakten rechtfertigen das vom Gericht festgesetzte Strafmaß."

Alex Subitz hörte den Ausführungen des Vorsitzenden Richters aufmerksam zu. Dass er ab und zu den Kopf senkte, erweckte den Anschein einer gewissen Reue oder eines Ansatzes von Schuldbewusstsein. Ungeachtet solcher Gesten fuhr Richter Waagemann mit seinen Erklärungen zum Urteilsspruch fort.

„Ich sprach von Konsequenzen und Folgen, dieses Verbrechens. Und damit komme ich in meinen Ausführungen zu einem fast schon inoffiziellen Teil der Urteilsbegründung. Ich versuche mich auch hier auf das Wesentliche zu beschränken."

Den Anwesenden kam es so vor, als würde der Vorsitzende Richter nun die Gelegenheit nutzen, um dem Verurteilten noch einmal deutlich ins Gewissen zu reden. Er stellte eine ungewohnte Nähe und Vertraulichkeit zum Verurteilten her.

„Herr Subitz, welche Konsequenzen sowie mittelbare und unmittelbare Folgen Ihre Tat für Ihre Familie hat und in Zukunft noch haben wird, ist Ihnen in den vergangenen Monaten während der Untersuchungshaft sicherlich mehr und mehr ins Bewusstsein gerückt. Sie haben die Zukunft Ihrer Familie samt allen gemeinsamen Plänen, Wünschen und Hoffnungen zerstört.

Seit Ihrer Verhaftung ist in Ihrem Leben, dem Leben Ihrer Frau und Ihrer beiden Kinder nichts mehr so, wie es einmal war. Ihre Töchter mit ihren gerade einmal elf Lebensjahren werden ohne einen Vater aufwachsen. Sie werden nur noch eine direkte Bezugsperson und Vertraute haben, nämlich ihre Mutter. Das wird ihnen in vielen alltäglichen Situationen immer wieder bewusst werden, müssen sie doch auch auf einen Elternteil, einen Beschützer und Begleiter verzichten.

Ihre Ehefrau hat Sie als zuverlässigen Partner und Ehemann von einem auf den anderen Tag verloren. Ihre Familie wird auf sich selbst gestellt sein und ihr Leben neu ausrichten müssen, in allen Situationen, die es zukünftig zu bewältigen gilt. Dies haben Sie, Herr Subitz, als unmittelbare Folge des von Ihnen begangenen Verbrechens in vollem Umfange zu verantworten.

Was dies allein für Ihre Familie bedeutet, werden Sie in der vollen Tragweite wohl erst in Zukunft begreifen."

Im Sitzungssaal war es für einen Moment lang absolut still. Die Worte des Vorsitzenden Richters hatten auch die Zuschauer getroffen und nachdenklich gemacht. Nach wenigen Momenten ergriff Richter Waagemann erneut das Wort.

„Genauso haben Sie, Herr Subitz, auch die Folgen und Konsequenzen für die Familie, vor allem der Eltern von Anna-Lena Bauer zu verantworten. Sie haben ihnen ihr einziges Kind, ihr Glück und ihre Hoffnung, ja große Teile ihres Lebensinhalts genommen.

Anna-Lena stand an der Schwelle ihres Erwachsenenlebens. Als Auszubildende im Hotelfachgewerbe hatte sie, wie jeder Mensch in diesem Alter, so viele Pläne und Wünsche. Aber vor allem hätte sie noch viele Jahre vor sich gehabt. All dies haben Sie zunichte gemacht, indem Sie dieses junge Leben ausgelöscht haben. Dadurch haben Sie bei den Hinterbliebenen unendliches Leid verursacht. Seien Sie sich dessen immer bewusst!

Die Mutter von Anna-Lena ist an diesem Schmerz zerbrochen – sie ist, wie mir ihr Ehemann mitteilte, vor drei Monaten an einem plötzlichen Herzversagen verstorben. Die Ärzte hatten als Todesursache das sogenannte Broken Heard Syndrom diagnostiziert, das heißt, sie ist am gebrochenen Herzen gestorben. Ursächlich dafür war der gewaltsame Tod ihrer geliebten Tochter. Den hat sie nie überwinden können, selbst nach 25 Jahren nicht. Auch dafür sind Sie verantwortlich, Herr Subitz!

Das Strafmaß, das ich heute im Urteil gegen Sie ausgesprochen habe, ist daher angemessen."

Im Gerichtssaal herrschte betretenes Schweigen. Einige Zuschauerinnen waren den Tränen nahe. Die Betroffenheit stand ihnen förmlich ins Gesicht geschrieben.

Alex Subitz schaute regungslos mit geneigtem Kopf und leerem Gesichtsausdruck auf einen Aktendeckel, der vor ihm auf dem Tisch lag.

Selbst sein Verteidiger war emotional berührt und nahm keinen Blickkontakt mit seinem Mandanten auf.

Der Vorsitzende Richter tauschte sich kurz mit der Protokollantin aus, bevor er das Ende der Sitzung verkündete. Es war genau 12.30 Uhr.

Rechtskräftig verurteilt wurde Alex Subitz in Handschellen zu einem bereitgestellten Fahrzeug geführt und in die Justizvollzugsanstalt Rosdorf bei Göttingen gebracht.

Epilog

Ein Jahr später

Kriminalhauptkommissar Hinrichs war zum Ersten Kriminalhauptkommissar ernannt worden und leitet nun eine Cold-Case-Unit.

Sein Vorgänger, Kriminalrat Beckstein, hatte sich wegen gesundheitlicher Probleme in den vorzeitigen Ruhestand versetzen lassen.

Wenige Monate nach der Verurteilung von Alex Subitz erkrankte Erwin Bauer, der Vater von Anna-Lena, an einer Demenz. Er befindet sich seither in einer Pflegeeinrichtung. Die kostenintensive medizinische Versorgung wird finanziert durch die Entschädigungszahlung, die Alex Subitz an die Eltern des Opfers zu leisten hatte.

Katharina Subitz reichte unmittelbar nach Bekanntwerden des Urteils die Scheidung ein und nahm danach ihren Mädchennamen wieder an. Sie zog mit ihren beiden Töchtern nach Bayern und lebt seither gemeinsam mit ihrer langjährigen Freundin Isabell und deren Lebenspartnerin auf einem Resthof. Seit ihrem Besuch in der Justizvollzugsanstalt hatte Katharina keinen Kontakt mehr zu ihrem Ex-Mann.

Alex Subitz unternahm einen Selbstmordversuch, nachdem er erfuhr, dass seine Ehefrau die Scheidung eingereicht hatte und ihr das alleinige Sorgerecht für die gemeinsamen Töchter zugesprochen worden sei. Durch den Suizidversuch trug Subitz eine irreversible Hirnschädigung davon und muss seither rund um die Uhr betreut werden. Zurzeit wird geprüft, ob seine Haftfähigkeit überhaupt noch gegeben ist.

Vor seinem Selbstmordversuch verfasste Alex Subitz einen mehrseitigen Abschiedsbrief, in dem er sich das erste und einzige Mal zu den Hintergründen seines Verbrechens äußerte.

Demnach hatte ihm ein Arbeitskollege wenige Stunden vor der Tat eröffnet, er habe seit mehreren Monaten ein Verhältnis mit Subitz' Freundin und könne dies auch eindeutig belegen. Er hatte ihm als Beweis seiner Kenntnis ein sehr intimes Detail genannt: eines kleinen Schmetterlings-Tattoos knapp unterhalb des Bauchnabels seiner Freundin.

Alex Subitz war daraufhin außer sich geraten. Er sei ziellos mit dem Auto durch die Gegend gefahren. In den späten Abendstunden sei er dann auf eine Anhalterin getroffen und hatte ihr angeboten, sie nach Hause zu fahren. Seine aufgestaute Wut und die grenzenlose Enttäuschung darüber, dass seine Freundin ihn mit seinem Arbeitskollegen betrogen habe, hätten zu der Eskalation geführt.

Dass die Anhalterin ihn auf eindeutige Annäherungsversuche hin abgewiesen und seinen Wunsch, mit ihr intim zu werden, abgelehnt hatte, hätte ihn zusätzlich verletzt und extrem gekränkt. Das sei für ihn der auslösende Moment gewesen, der letztlich dazu geführt habe, sich an seinem wehrlosen Gegenüber auf brutale Weise abzureagieren.

Er hätte auch keine andere Möglichkeit gesehen, als Anna-Lena Bauer zu töten, nachdem er realisiert hatte, welche Konsequenzen sein Handeln nach sich ziehen würde. Ihre heftige und andauernde Gegenwehr hätte diesen Entschluss nur noch beschleunigt.

Er hätte es nicht explizit auf dieses Mädchen abgesehen gehabt, es hätte an diesem Abend auch jede andere treffen können, der Alex Subitz begegnet wäre. Es sei reiner Zufall gewesen, dass es Anna-Lena Bauer getroffen hatte und sie dies letztlich mit ihrem Leben hätte bezahlen müssen.

Alex Subitz erwähnte in seinem Abschiedsbrief auch, er habe sich unmittelbar nach der Tat überraschend ruhig und ausgeglichen gefühlt. Er habe sich danach geradezu entspannt und zufrieden vor dem Fernseher noch eine Flasche Rotwein gegönnt und sei dann gegen zwei Uhr morgens eingeschlafen.

Für ihn habe es sich angefühlt, als wäre an diesem Abend nichts passiert, über das er sich irgendwelche Gedanken hätte machen müssen.

Ende

Anhang

Pressemitteilung der Braunschweiger Zeitung
Mörder der 17-jährigen Anhalterin Anna-Lena B. nach
25 Jahren rechtskräftig verurteilt
Ehefrau lieferte ihren Ehemann unbeabsichtigt den Ermitt-
lungsbehörden aus

Nach fünf Verhandlungstagen wurde gestern vor der 2. Großen Strafkammer des Landgerichts Braunschweig unter Vorsitz des Richters Manfred Waagemann das Urteil verkündet. Der 50-Jährige Alex S. wurde wegen mehrfacher Vergewaltigung und anschließender vorsätzlicher Tötung einer 17-jährigen Anhalterin zu einer lebenslangen Freiheitsstrafe mit anschließender Sicherungsverwahrung verurteilt. Außerdem muss der Verurteilte eine Entschädigungszahlung in Höhe von 150.000 Euro an die Eltern der Ermordeten entrichten.

„Es ist zumindest eine späte symbolische Wiedergutmachung für das Leid, das den Hinterbliebenen durch die Ermordung der Anna-Lena zugefügt worden ist", so der Gerichtssprecher Detlef Kretschmer.

In den vorangegangenen fünf Verhandlungstagen waren auch drei Gutachter zugegen, die Alex S. auf seine Strafmündigkeit hin begutachtet hatten. Sie stellten fest, dass der zum Tatzeitpunkt 25-Jährige offensichtlich unter einer Impulskontrollstörung in Verbindung mit einer sogenannten Aggressionsverschiebung litt.

Diese psychischen Beeinträchtigungen machten sich bei Alex S. dadurch bemerkbar, dass er einerseits während der Tat sein Handeln weder steuern noch kontrollieren konnte. Andererseits hatte der Täter seine stark erhöhten und aufgestauten Aggressionen an seinem wehrlosen Opfer ausagiert.

„Alex S. hatte in diesem Zustand die damals 17-jährige Auszubildende in einer Art Rauschzustand getötet", erklärte der psychiatrische Gutachter Norbert Ralle.

Aufgrund dieser weiterhin latent bestehenden psychischen Störungen, wird Alex S. die ersten sechs Monate in einem psychiatrischen Krankenhaus untergebracht.

Bei diesem Verbrechen handelt es sich übrigens um einen sogenannten Cold Case. So bezeichnet man Kriminalfälle, die nach sehr langer Zeit erneut aufgerollt bzw. bei denen Ermittlungen fortgesetzt werden, wenn neue Erkenntnisse und Indizien zum mutmaßlichen Täter oder der Tat vorliegen.

Alex S. hatte vor mehr als 25 Jahren die Anhalterin Anna-Lena B. in seinem Auto mitgenommen, mehrfach brutal vergewaltigt und anschließend getötet, um sich der Strafverfolgung zu entziehen. Die Leiche der 17-jährigen war acht Monate später in einem Waldstück unweit ihrer elterlichen Wohnung bei Harlingerode im Landkreis Goslar von Pilzsammlern entdeckt worden.

Nur durch „Kommissar Zufall" waren die Ermittler Alex S. als Täter auf die Spur gekommen.

Das Landeskriminalamt setzte bei seinen umfangreichen Recherchen modernste DNA-Analyseverfahren ein.

Erstmals wurde bei polizeilichen Ermittlungen auch auf sogenannte nichtbehördliche DNA-Datenbanken zurückgegriffen und dabei einen Vergleichstreffer erzielt.

Das Außergewöhnliche an diesem Fall ist laut Aussage des Gerichtssprechers, dass die Ehefrau von Alex S. vor mehreren Jahren eine DNA-Probe ihres Mannes an eine nichtbehördliche Datenbank gesendet hatte.

Sie hatte ihm seinerzeit zu seinem Geburtstag ein ganz besonderes Geschenk überreichen wollen, das ihm über eine Erbgutanalyse Einblicke in seine eigene Herkunft und Abstammung ermöglichen sollte.

Alex S. erfuhr zwar durch diese DNA-Recherche viel mehr über sich und seine Vorfahren. Durch die Nutzung dieser Datenbanken gelangten die Ermittlungsbehörden allerdings zu dem entscheidenden Ergebnis, wonach Alex S. der gesuchte Täter war, der am 7. November 1985 eine Anhalterin ermordet hatte.

Der zweifache Familienvater war ein Vierteljahrhundert lang nicht ins Visier der Ermittler geraten. Bis zu seiner Festnahme hatte er ein nahezu unauffälliges gutbürgerliches Leben geführt. Letztlich wäre ohne diese gutgemeinte Geschenkidee seiner Ehefrau dieser Kriminalfall wohl nie aufgeklärt worden.

Laut Gerichtssprecher wird Alex S. voraussichtlich nicht vor Ende des Jahres 2026 in die Freiheit entlassen. Dann ist er fast siebzig Jahre alt.

*

Danksagung

Ganz besonders danken möchte ich meiner Ehefrau Maja für die vielen Tipps, Ideen und Anregungen.

Sie haben sich sowohl unmittelbar auf die Handlung als auch auf die „Lesbarkeit" des Textes bezogen und als sehr wertvoll erwiesen.

Dank gilt auch unserem Kater Minou, der nicht selten die Tastatur belagerte oder geduldig davor ausharrte, um als Belohnung und Stärkung ein Leckerli nebenbei zu ergattern. Die dadurch entstandenen Schreibpausen habe ich gern in Anspruch genommen…

Der Autor

Peter Langsdorff, Jahrgang 1957, ist pensionierter Polizeibeamter und lebt mit seiner Ehefrau in der Nähe von Bremen.
Neben Interesse an naturwissenschaftlich-technischen Themen gehören auch Sport und Musik zu seinen Freizeitbeschäftigungen.

Weitere Buchveröffentlichungen

von Peter Langsdorff alias Peter Tkocz

ICE 4100 in Gefahr – Roman

Am 28. Juli 1994 wird der ICE Bavaria Express mit der Laufnummer 4100 kurz nach Verlassen des Hauptbahnhofs Hamburg entführt. Mehr als 200 Passagiere des Hochgeschwindigkeitszuges befinden sich nichtsahnend auf einer Reise, die sich zu einem dramatischen Wettlauf mit der Zeit entwickelt. Nach den ernstzunehmenden Drohungen des Entführers scheint eine Katastrophe nahezu unausweichlich bevorzustehen...

2. Auflage, 148 Seiten, Paperback
Verlag: Books On Demand, 2000, 8,50 Euro
ISBN: 3-00-005109-0

Die Frau auf der Bank – Kurzgeschichten

Sie handeln von Schicksalen, zwischenmenschlichen Beziehungen und deren unvorhersehbaren Entwicklungen. Sie berichten von schönen und unvergesslichen Momenten. Es sind Geschichten, die von starken Emotionen erzählen.

1. Auflage, 104 Seiten, Paperback
Verlag: Books On Demand, 2003, 6,50 Euro
ISBN: 3-8330-0620-X